Mr Malcolms lijst

Suzanne Allain

Mr Malcolms lijst

A.W. Bruna Uitgevers

Oorspronkelijke titel
Mr. Malcolm's List

This edition published by arrangement with Berkley, an imprint of Penguin Publishing Group, a division of Penguin Random House LLC.
Vertaling
Anna Livestro
Omslagbeeld
© Lee Avison/Trevillion Images
Omslagontwerp
Margo Togni

ISBN 978 94 005 1429 4
NUR 302

Voor mijn echtgenoot
Een zeer kieskeurig heerschap dat een uitstekende keuze heeft gemaakt

1

De hooggeboren Jeremy Malcolm, tweede zoon van de graaf van Kilbourne, was de grootste vis die je kon vangen – in het balseizoen van het jaar onzes Heren 1818. Goed, hij had dan zelf geen adellijke titel en hij was slechts een jongere zoon, maar zijn tante van moeders kant had hem het grootste deel van haar aanzienlijke fortuin en een enorm landhuis in Kent nagelaten.

En daarbij had hij als man ook behoorlijk wat in huis. Alleen de meest ambitieuze juffrouw zou de knappe Mr Malcolm afwijzen ten gunste van de markies van Mumford, die minstens vijftig was en geen kin had, enkel en alleen omdat men haar dan 'milady' zou noemen.

En welke vrouw werd in vredesnaam liever gewoon 'milady' genoemd dan 'vrouw van Malcolm'?

Toch begon het erop te lijken dat geen enkele vrouw dat onvoorstelbare en unieke privilege ooit zou genieten.

Want aangezien hij geenszins een kluizenaar was en de feesten in Almack's en verscheidene andere bals en bijeenkomsten bijwoonde, was Mr Malcolm bezig een reputatie te verwerven van fliereﬂuiter, hartenbreker, dromenverwoester.

'Een wat?' vroeg Malcolm aan zijn vriend Lord Cassidy, toen die hem de laatste roddels over hem overbriefde.

'Een dro-men-ver-woes-ter,' verklaarde Cassie langzaam en nadrukkelijk.

'Wat een onzin,' antwoordde Malcolm, en hij draaide zich om en keek de balzaal rond, waarbij zijn blik op een mooie debutante viel.

'Misschien kloppen de roddels wel. Je hebt mijn nichtje Julia ook vrij veel van een bepaald soort aandacht geschonken, en je bent nu al ruim een week niet meer bij haar langs geweest.'

Malcolm keerde zich weer om en keek zijn vriend verbaasd aan. 'Ik heb je nicht begeleid naar de opera. Eén keertje maar. Ik heb haar geenszins "een bepaald soort aandacht" geschonken.'

'Wat er in werkelijkheid is gebeurd, doet er niet toe. Het gaat erom wat mensen zeggen. En wat denk je dat het over Julia zei toen je niet meer langskwam? Ze heeft twee hele dagen opgesloten gezeten in haar slaapkamer omdat ze niemand onder ogen wilde komen.'

'Als dat typerend is voor het gedrag van Miss Thistlewaite, moet ze niet klagen als mensen over haar roddelen.'

Cassie gaf geen antwoord en liet zijn verdere stilzwijgen over het onderwerp voor zich spreken. Hij zette een gekwetst gezicht op en hoewel Malcolm zijn vriend vurig verdedigde als werd gezegd dat Lord Cassidy sterk op een hond leek, kon Malcolm niet ontkennen dat de gelijkenis inderdaad bijzonder sterk was als Cassie zat te mokken.

'Het spijt me, Cassie, dat je nichtje het doelwit van roddels is geworden.' De grote bruine ogen bleven hem verwijtend aanstaren. 'Het was niet mijn bedoeling haar van streek te maken, maar ik ga ook geen vrouw ten huwelijk vragen alleen maar omdat ik haar heb meegenomen naar de opera.'

'Je hoort toch ook niemand beweren dat dat moet?' zei Cassie.

'Misschien niet, maar het is wel wat ze willen. Wat zijn dat dan voor dromen die ik zou hebben verwoest? Dromen om de "vangst van het seizoen" te huwen, enkel en alleen vanwege mijn fortuin en bezittingen. En ik kan alleen voldoen aan de talloze verwachtingen die ik kennelijk heb gewekt door polygamist te worden. Als ik zelfs maar met een jongedame praat, ziet ze zichzelf al helemaal naar het altaar schrijden.'

'Dus waarom zou je niet gewoon een meisje kiezen en daar allemaal een eind aan maken?' vroeg zijn vriend.

'Waarom denk je dat ik hier vanavond ben? Ik wil niets liever dan een geschikte bruid vinden.'

'Wat is er mis met Julia? Ze wordt over het algemeen als een knap meisje gezien,' zei Cassie, hoewel hij zijn vriend daarbij toch niet helemaal in de ogen kon kijken. Julia had Cassie het mes op de keel gezet om erachter te komen wat ze had gedaan om het ongenoegen van zijn vriend te verdienen. Cassie probeerde zich van zijn plicht als neef te kwijten door Julia voor te stellen als een geschikte bruid, maar hij voelde zich daar ongemakkelijk onder. Hij wist als geen ander hoe irritant ze kon zijn.

'Je nichtje is knap genoeg,' beaamde Malcolm, 'maar zij is niet het meisje dat ik zoek.'

'Waarom niet?' vroeg Cassie.

'Ik weet het niet,' zei Malcolm schouderophalend. 'Ze wappert te veel met haar wimpers.'

'Wat? Ze wappert te veel met haar wimpers? Is dat de reden waarom je haar niet meer hebt bezocht?'

'Het leidde ontzettend af. Ik dacht een paar keer dat ze in slaap aan het sukkelen was. Ik dacht zelfs een keer dat ze op het punt stond in katzwijm te vallen, dus greep ik haar arm vast. Nou, toen gingen haar ogen snel genoeg weer open. Volgens mij dacht ze dat haar trillende wimpers me ertoe hadden aangezet haar een huwelijksaanzoek te doen.'

Cassie schudde alleen zijn hoofd, met een blik van intense teleurstelling in de hondenogen.

'Kijk me niet zo aan, Cassie. Dat was niet het enige wat ik tegen Miss Thistlewaite had.' Malcolm stak zijn hand in de zak van zijn vestje en haalde een vel papier tevoorschijn. Hij vouwde het open terwijl Cassie probeerde over zijn schouder mee te kijken. Zo te zien was het een soort lijst. Malcolm nam hem aandachtig door terwijl Cassie tuurde om te zien wat er stond. Hij zag 'Bezit muzikaal of artistiek talent' en 'Komt uit een nette familie' voordat er triomfantelijk met het papier voor zijn gezicht werd gewapperd. Malcolm had blijkbaar ontdekt waar hij naar op zoek was.

'Hier staat het. Punt vier: "Valt verstandig mee te converseren." En het enige soort conversatie dat Miss Thistlewaite aanstaat, is een gesprek dat volledig bestaat uit flirterige opmerkingen of bloemrijke complimenten. Toen ik haar vroeg welke mening ze had over de Graanwetten, antwoordde ze dat het ongetwijfeld een gezond effect zou hebben als men terughoudend was in wat men at.'

Cassie toonde zich niet geamuseerd toen hij hoorde van de faux pas van zijn nichtje. Hij begon snel over een ander onderwerp, omdat hij geen trek had in een saaie politieke discussie. 'Wat is dat, Malcolm? Is dat een lijst?' Cassie probeerde hem uit Malcolms hand te pakken, maar Malcolm vouwde het papier snel op en stopte het weer in zijn vestzak.

'Jazeker.'

'Heb je een soort lijst met kwalificaties voor een bruid?' vroeg Cassie met een hogere stem dan normaal.

'Ja, en?'

'Nou, dat is verduiveld arrogant van je, als je het mij vraagt. Geen wonder dat je met niemand genoegen neemt. Je wilt dat ze voldoen aan een waslijst aan vereisten, als...

alsof je een span paarden aanschaft bij Tattersalls.'

Malcolm greep de analogie van zijn vriend aan. 'Precies. Ik heb duidelijke eisen als het gaat om wat er bij mij op stal mag staan. Dus zou ik niet nog strengere eisen mogen stellen aan een bruid? Het is ronduit absurd om meer tijd te besteden aan het keuren van een paard dan een vrouw, een levenslange metgezel die je 's ochtends, 's middags en 's avonds zult zien.'

Aangezien Cassie van het type Engelsman was dat een páárd als een levenslange metgezel beschouwde die je 's ochtends, 's middags en 's avonds zag, had het argument van zijn vriend misschien niet de bedoelde kracht. Dus mompelde hij alleen: 'Dus wat is dan de bedoeling? Dat je een proefrit op haar maakt, en haar gebit inspecteert?'

Na zijn gesprek met Malcolm ging Cassie Julia bijna een week uit de weg, maar toen hij haar derde berichtje ontving, meldde hij zich bij het herenhuis van zijn tante. In haar brief had Julia verklaard dat ze van plan was om hem dan maar zelf te bezoeken, zonder chaperonne, en hij was zich er terdege van bewust dat zijn nichtje heethoofdig genoeg was om hen allebei in een schandaal te verwikkelen als er een eind aan haar geduld was gekomen.

Hij wachtte Julia op in de salon en keek afkeurend om zich heen. De inrichting was gedaan volgens de regels van de elegantie, maar zijn tante leek te overdrijven waar ze de nieuwste voorliefde voor chinoiserie van de prins-regent volgde. Op elke bank en stoel zat wel een drakenkop, en er stond een kast die uitpuilde van de stukken aardewerk, geglazuurde dierenbeeldjes en steengravures. Hij bekeek een voorwerp van dichtbij, een beeldje van een leeuw met een wijd grijnzend opengesperde bek, toen zijn nicht ineens in zijn oor sprak.

'Hij bijt niet, hoor.'

Hij schrok zich een ongeluk bij het horen van haar stem, en ze lachte om het succes van haar verrassing. 'Je hebt de manieren van een viswijf uit Billingsgate,' zei hij tegen haar, wachtend tot zijn nichtje ging zitten voordat hij probeerde zijn slungelige lichaam in een van de ongemakkelijke stoelen te vouwen.

'Ik zou het niet weten, want ik heb geen kennissen in dat soort kringen, zoals jij.' Ze wuifde zijn verontwaardigde weerlegging weg en zei: 'Maak je niet druk. Ik zal niemand vertellen dat je zo geïntimideerd bent door een stukje porselein.' Cassie begon weer te sputteren, maar Julia kwam haastig ter zake. 'Wat zei Mr Malcolm? Je had beloofd dat je met hem zou spreken op het bal van Lord Wesleigh en sindsdien heb ik niets meer van je gehoord.'

Cassie keek geïrriteerd naar zijn nichtje en vervloekte het lot dat hem een verwantschap had aangedaan met zo'n zelfzuchtig, verwend meisje. Ze hadden geen van beiden broers en zussen en ze verschilden maar een paar jaar in leeftijd, dus hun ouders hadden hun van kinds af aan elkaars gezelschap opgedrongen. Cassies prettige inschikkelijkheid was niet opgewassen tegen Julia's zoveel krachtigere karakter, dus van jongs af aan was hij eraan gewend geraakt om aan al haar eisen, behalve de meest buitensporige, te voldoen. Julia was een aantrekkelijk kind geweest en was uitgegroeid tot een mooie jonge vrouw, met kastanjebruin haar, lichtgroene ogen en fijne gelaatstrekken. Met haar air van frêle onschuld slaagde ze er nog steeds in de meeste mensen te misleiden waar het haar ware aard betrof, maar Cassie liet zich niet voor de gek houden. De wil van zijn nichtje was in geen enkel opzicht frêle.

'Nou?' vroeg ze terwijl ze ongeduldig met haar vingers op de kop van een draak trommelde.

'Tja, nou, Malcolm was het ermee eens dat je een knap meisje bent...'

'O ja?' vroeg Julia, met een blij verrast gezicht. 'Dat is goed nieuws. Ik moet zeggen dat ik dacht dat ik hem op de een of andere manier niet behaagde. Dit is beter nieuws dan ik had gehoopt...'

'Wacht,' zei Cassie, haar opgetogenheid onderbrekend. 'Hij is totaal niet in jou geïnteresseerd.'

Cassie was niet van plan geweest zo'n botte uitspraak te doen en voelde zich even heel schuldig toen het gezicht van zijn nichtje betrok. Hij kon het niet verdragen een dame te zien huilen, en haastte zich dus om de tranen te stoppen die hij in haar ogen meende te zien springen. 'Hij heeft namelijk een lijst, en je voldoet niet aan het vierde vereiste. Daar zou ik zelf ook niet aan voldoen, want ik heb geen interesse in politiek en ik heb de Graanwetten altijd bijzonder verwarrend gevonden. Ik bedoel, wat maakt het uit of ze het graan in Berkshire of Frankrijk verbouwen?'

Julia gaf geen antwoord, maar Cassie was blij te zien dat het gevaar dat ze zou gaan huilen geweken was. Sterker nog, ze leek woedend. 'Heeft hij een lijst?' vroeg ze met een stem die veel te kalm klonk.

'Ja, nou, ik moet zeggen dat ik aanvankelijk zelf ook niet zo gecharmeerd was van het idee, maar toen hij het me uitlegde, zag ik zijn punt wel. Wat als het meisje in galop ineens vreemd met haar been blijkt te schoppen?'

Julia negeerde deze onbegrijpelijke opmerking en probeerde terug te keren naar het punt van de discussie. 'Ik zou graag willen weten wat er allemaal op die lijst staat, Cassie. Heb je hem gezien?'

'Ja, maar je schiet er niets mee op. Helemaal niets. Zelfs als je de Graanwetten-test had doorstaan, dan nog irriteren je wimpers hem mateloos.'

‘Mijn wimpers? Is die man soms geestesziek?’

‘Nee, helemaal niet. Je kunt hem gewoon niet voor de gek houden met die trucjes van jou. Hij vindt flirterige spelletjes verachtelijk.’

Julia stond op van haar stoel, ijsbeerde woedend door de kamer en mompelde dingen als: ‘Het onvoorstelbare lef!’ en ‘Wat een verwaande kwast.’ Cassie stond op toen zijn nichtje dat deed, maar ze gebaarde hem terug in zijn stoel, waar hij zenuwachtig op zat te schuiven, zich plotseling bewust dat hij zijn mond voorbij gepraat had.

Toen Julia abrupt stopte met ijsberen en er een glimlach op haar gezicht verscheen, werd Cassie nog ongeruster. Hij had die uitdrukking op Julia’s gezicht vaker gezien dan hem lief was, en het was altijd een slecht voorteken.

‘Ik heb een ronduit briljant idee,’ kondigde ze aan.

‘Gek genoeg waag ik dat te betwijfelen.’

Selina Dalton, die niets interessanters verwachtte dan een brief van haar ouders, was verrast door de uitnodiging van haar oude schoolvriendin Julia Thistlewaite.

Ze had al gehoopt op zo’n uitnodiging toen ze vier maanden geleden aan Julia had geschreven, maar aangezien ze nog nooit antwoord op haar brief had ontvangen, had ze de moed maar opgegeven. Julia was altijd een moeilijk soort vriendin geweest, eentje die nu eens heel hartelijk en dan weer íjskoud kon zijn, dus het had Selina niet al te zeer verbaasd toen Julia weigerde hun voormalige vriendschap te erkennen. Ze was eigenlijk zeer verbaasd dat Julia haar eindelijk had uitgenodigd om bij haar te komen logeren in het herenhuis van de Thistlewaites aan Berkeley Square.

Selina slaakte een kreetje van verrukking bij het vooruitzicht voordat ze schuldbewust om zich heen keek. Maar er was natuurlijk niemand die haar kon horen. Ze was alleen, zoals gewoonlijk, in de zitkamer van het huis van haar voormalige werkgeefster in Bath. Mrs Ossory was een vriendelijke en welwillende werkgeefster geweest, en Selina was oprecht bedroefd om haar overlijden, vier maanden geleden. Ze hadden drie jaar harmonieus samengeleefd nadat Selina in dienst was genomen als gezelschapsdame. Het was helemaal geen zwaar werk geweest, en Mrs Ossory was voor Selina net zo goed een gezelschapsdame als Selina voor haar. Zelfs na haar dood was ze vrijgevig geweest, en had ze Selina een bescheiden erfenis nagelaten.

Maar Selina kon niet voor onbepaalde tijd in het herenhuis van Mrs Ossory blijven wonen, want dat was aan een neef nagelaten. En ze wilde niet echt terugkeren naar de kleine parochie in Sussex waar haar vader als predikant werkte. Toen ze de functie bij Mrs Ossory had aanvaard, had ze gehoopt dat ze zich, als ze in Bath woonde, uiteindelijk zou verloven met een geschikte heer. Haar ouders hadden niet het geld voor een seizoen in Londen, maar toen Mrs Ossory, verre familie van haar moeder, vertelde dat ze op zoek was naar een gezelschapsdame, had Selina de kans met beide handen aangegrepen om het leven buiten de pastorie te ervaren. En misschien, als ze een geschikte match zou vinden, om haar jongere broers en zussen te kunnen onderhouden.

Selina had genoten van haar tijd in Bath en had geen spijt van de drie jaar die ze daar had doorgebracht, maar toch had ze het gevoel dat er iets ontbrak. De kring van vrienden en kennissen van Mrs Ossory was noodzakelijkerwijs Selina's kennissenkring geworden, en onder hen was er niemand jonger dan vijftig. Ze miste het gezelschap van mensen van haar eigen leeftijd en met dezelfde interesses, en had het idee dat ze zulk gezelschap misschien in Londen zou kunnen vinden.

Maar ze besefte dat een jongedame van tweeëntwintig niet alleen kon wonen, dus had ze Julia geschreven, van wie Selina wist dat die haar toegang kon geven tot het soort gezelschap dat ze zocht. En het ongelooflijke was gebeurd: eindelijk had ze de felbegeerde uitnodiging ontvangen.

Die kwam net nadat Selina het besluit had genomen om naar haar familie terug te keren, in het besef dat ze het onvermijdelijke lang genoeg had uitgesteld. Ze zou Bath de volgende ochtend verlaten en was dankbaar dat de brief niet een dag later was aangekomen, want nu was Londen haar bestemming.

Selina schrok er wel een beetje van hoe ze twee dagen later in Londen werd ontvangen. Julia wuifde Selina's excuses weg dat ze al zo snel was gekomen, en onderbrak Selina halverwege haar uitleg door te zeggen: 'Zo is het beter. Dan kunnen we meteen beginnen.' Vervolgens liep ze in de salon om Selina heen en bekeek haar kritisch.

'We moeten het er maar mee doen,' zei ze ten slotte, en Selina voelde de drang om haar excuses aan te bieden voor haar tekortkomingen, al had ze nog steeds geen idee waar Julia het over had.

In het besef dat ze toch op de een of andere manier moest reageren, zei Selina: 'Pardon?'

Julia schrok op uit haar overpeinzingen, lachte klaterend en verontschuldigde zich voor haar vreemde gedrag. 'Ik zal je binnenkort alles uitleggen, maar ik wacht op de komst van mijn neef Lord Cassidy.'

Selina knikte, al begreep ze er nog steeds niets van, en Julia begon opgewonden te kletsen. 'Kom alsjeblieft zitten, dan kunnen we onze kennismaking hernieuwen. Vertel eens, wat heb je gedaan de afgelopen... is het echt al vijf jaar geleden?'

Selina verzekerde haar dat het inderdaad vijf jaar geleden was dat ze elkaar voor het laatst hadden gezien, en vertelde over haar tijd als gezelschapsdame van Mrs Ossory.

'Wat vreselijk saai voor je,' zei Julia.

'Het was helemaal niet onaangenaam, al verlangde ik wel naar het gezelschap van mensen van mijn eigen leeftijd. Bath is een nogal populaire bestemming geworden onder mensen van boven een zekere leeftijd die er op zoek zijn naar de bron van de jeugd.'

'Ik begrijp je volledig. Ik vind buitenlanders ook buitengewoon vervelend.' Voordat Selina aan Julia kon uitleggen dat die haar verkeerd had begrepen, vervolgde Julia: 'Wat zul je daar weinig vermaak hebben gekend. Dan krijg je het hier in Londen veel beter.'

Selina, die zich ineens weer herinnerde hoe zelfzuchtig Julia was, twijfelde eigenlijk aan de waarheid van die uitspraak, maar vond het onbeleefd om haar gastvrouw tegen te spreken. Vervolgens werd ze getrakteerd op een opsomming van de geneugten die haar te wachten stonden, maar aangezien Julia's conversatie vooral bestond uit het laten vallen van namen van de mensen die Selina zou ontmoeten, maar die op dat moment geen betekenis voor haar hadden, kostte het haar moeite om te doen alsof ze geïnteresseerd was. Ze was dan ook behoorlijk opgelucht toen Lord Cassidy eindelijk arriveerde.

Julia stelde hen aan elkaar voor en Selina nam Lord Cassidy belangstellend op. Ze bedacht dat ze nog geen twee uur in Londen was en nu al kennis had gemaakt met een jonge heer. De belangstelling ging echter over in geamuseerdheid, toen ze besloot dat Cassie, zoals hij per se genoemd wilde worden, zo uit een van Cruikshanks spotprenten gestapt leek te zijn.

Zijn gelaatstrekken, al waren ze vriendelijk, leken net iets overdreven: zijn ogen, oren en neus waren allemaal net een tikje te groot voor zijn gezicht. Zijn armen en benen waren lang en mager; zijn kleding, hoewel modieus en duur, was gekreukt en verfomfaaid. En hoewel hij vriendelijk naar Selina glimlachte, kreeg zijn expressieve gezicht een bozige frons als hij in de richting van zijn nicht Julia keek.

'Dus nu mijn neef hier is, kan ik je uitleggen waarom ik je heb uitgenodigd naar Londen te komen,' zei Julia toen iedereen eenmaal zat. Ze voelde Selina's verbazing om deze mededeling, want in haar brief had Julia geschreven dat ze haar uitnodigde omdat ze Selina's gezelschap wenste, en dus haastte ze zich om het uit te leggen. 'Natuurlijk, je weet dat ik altijd van je gezelschap heb genoten, lieve Selina, en dat was de reden dat ik überhaupt van plan was je uit te nodigen, maar ik had ook het gevoel dat je me, zolang je hier in de stad verblijft, misschien zou willen helpen met een klein project van me.'

'Een project?' vroeg Selina, toen Julia even aarzelde en niet van zins leek om verder uit te wijden.

Julia wierp een blik op haar neef, die haar alleen nog maar boziger aankeek. Toen ging ze onverschrokken verder, al vond ze het blijkbaar moeilijk om Selina daarbij in de ogen te kijken. 'Misschien is "project" niet het juiste woord,' zei ze. 'Het is meer een lolletje eigenlijk.'

'Hmpf,' snoof Cassie en hij rolde met zijn ogen.

Zijn nichtje negeerde hem en zei: 'Je moet weten, er is een jonge gentleman, een Mr Malcolm, die algemeen bekendstaat om zijn arrogantie. Hij vereerde me eerst met zijn heel bijzondere aandacht, maar vernederde me vervolgens door zijn advances te staken.'

'Wat vreselijk voor je! Dat vind ik echt heel erg.'

Julia wuifde Selina's uitingen van medeleven met een ongeduldig gebaar weg. 'Ja, het was nogal onaangenaam, vooral toen ik erachter kwam dat hij een lijst heeft met punten waarop hij me beoordeelde. Hij vond dat ik tekortschoot.'

'Een lijst? Wat voor soort lijst?'

'Het is een lijst met eisen waar de bruid die hij zoekt aan moet voldoen. Maar hij is van mening dat hij zo superieur is aan ons allemaal dat die eisen totaal onhaalbaar zijn. Ik zou graag zien dat Mr Malcolm zijn verdiende loon krijgt door een grapje met hem uit te halen. En ik herinnerde me hoe je op school altijd wel in was voor een lolletje.'

Selina kreeg geen gelegenheid om bezwaar te maken tegen deze lezing van haar karakter – want Selina kon zich hier niets van herinneren – want Julia ging verder: 'Ik dacht: als we jou nu eens presenteren als de perfecte vrouw die hij zoekt, en hem dan laten ontdekken dat jij zelf een lijst met eisen hebt waar híj niet aan voldoet, dan zou dat een perfect soort gerechtigheid zijn.'

'Maar Julia, als hij zo arrogant en kieskeurig is als je zegt, zal ik toch zeker zijn aandacht niet trekken?'

'Die mogelijkheid bestaat, maar jij bent beter geïnformeerd dan ik of welke andere jongedame dan ook ooit was. Jij ként de lijst, en met enige begeleiding van mij en mijn neef heb je een veel betere kans om aan de vereisten te voldoen.'

Selina wierp een snelle blik op Lord Cassidy en vroeg zich af hoe deze slonzige, komisch uitziende man haar kon onderrichten in de vrouwelijke listen die nodig waren om een verfijnde heer met specifieke voorkeuren aan te trekken. Hij zag haar verwonderde blik en legde uit: 'Malcolm is een goede vriend van me. Ik ken hem beter dan wie dan ook.'

'En u vindt ook dat hij het verdient dat deze grap met hem wordt uitgehaald?' vroeg Selina.

Julia antwoordde voordat Cassie de kans kreeg. 'Natuurlijk is hij het daarmee eens. Hij zou zijn hulp niet hebben aangeboden als hij dat niet was.' Toen Selina bleef protesteren, zei Julia ongeduldig: 'Doe niet zo slap, Selina. Je zult Mr Malcolm niets aandoen wat hij zelf niet meer dan één jongedame heeft aangedaan, onder wie mij.'

'Het punt is alleen dat ik denk dat jouw lolletje gedoemd is te mislukken. Als Mr Malcolm niet door jou gefascineerd was, Julia, betwijfel ik of hij zelfs maar mijn kant op zal kijken.'

Cassie vroeg zich af wat zijn nichtje daarop te zeggen had. Hij wist dat ze er een hekel aan had om tweede viool te spelen voor welke vrouw dan ook, maar het viel niet te ontkennen dat zijn nichtje verbleekte naast Selina. Waar Julia's haar roodblond was, was dat van Selina donker, weelderig kastanjebruin. Waar Julia's ogen bleekgroen waren, waren die van Selina glanzend smaragdgroen. Waar Julia's teint modieus wit was, had Selina's huid een gouden gloed, bijna alsof ze licht gaf. Iedere edelman zou naar Selina kijken en als ze dat eenmaal hadden gedaan, zouden ze hun blik niet meer afwenden.

Maar Julia zei daar niets van. 'Je bent natuurlijk geen schoonheid in de klassieke zin, maar ik denk dat je in de juiste situatie en onder de juiste omstandigheden de aandacht van Mr Malcolm wel zal weten te trekken,' zei ze.

Selina schudde haar hoofd en zei: 'Ik denk niet...'

'Ik moet zeggen,' viel Julia haar in de rede, 'dit grapje is het enige wat me nog kan overhalen om me weer in het openbaar te vertonen. Ik hoop echt dat je wilt helpen, anders moeten we jouw heerlijke bezoekje misschien bekorten. Ik betwijfel of ik dan nog wel in de stemming ben voor gezelligheid.'

Selina begreep meteen wat Julia bedoelde. Ze was uitgenodigd met een specifiek doel: Julia te helpen bij het vernederen van Mr Malcolm. Als ze weigerde Julia bij dit streven van dienst te zijn, zou haar elke toegang tot de Londense society worden ontzegd. Ze zuchtte en dacht na over haar opties. Hoe naar ze het idee ook vond, het klonk wel alsof die Mr Malcolm zijn verdiende loon zou krijgen. En er was ook gewoon een zeer reële kans dat hij haar niet eens zou opmerken, en dan kon Julia het haar niet kwalijk nemen dat het plan mislukte.

'Wat wil je dat ik doe?' vroeg Selina dan ook, en Julia glimlachte triomfantelijk.

2

Een week later had Selina spijt van haar overhaaste instemming met Julia's plan. Ze had het merendeel van haar jaarinkomen al uitgegeven aan de nieuwe garderobe die volgens Julia van het grootste belang was om Mr Malcolms aandacht te trekken. Ze had nog niet één sociale gelegenheid bijgewoond, en haar hoofd tolde van de tegenstrijdige opdrachten die Julia haar gaf.

'Je moet een zekere elegantie van geest uitstralen, kennis van de wereld, en toch de naïviteit behouden die heren zo charmant vinden,' zei ze tegen Selina terwijl ze naast elkaar op een bank in de salon van de Thistlewaites zaten, met Cassie tegenover hen.

'Weet u iets over de Graanwetten?' vroeg Cassie aan Selina.

'Ja, natuurlijk.'

'Dat is namelijk heel belangrijk. Ik heb wat traktaten over het onderwerp meegebracht,' zei Cassie.

'Verdoe niet te veel tijd aan die traktaten, Selina. Een heer houdt er niet van dat een dame intelligenter is dan hij. Heb ik ongelijk, Cassie?' Julia glimlachte ondeugend naar haar neef, die haar kwaad aankeek. 'En te diep nadenken leidt tot rimpels in je voorhoofd.' Julia raakte zachtjes de huid tussen Selina's wenkbrauwen aan. 'Het is misschien een goed idee als je mediteert door aan de oceaan te denken. Ik heb gemerkt dat als ik aan de zee denk, ik minder geneigd ben om mijn wenkbrauwen op te trekken.'

'O, ik zou het bijna vergeten,' zei Cassie. 'Geen gefladder met wimpers.'

'Pardon?' vroeg Selina.

'Malcolm houdt niet van flirterige trucjes.'

'Cassie, als je ook maar een beetje had opgelet, dan wist je dat ik dat al heb gezegd. Ik heb Selina uitgelegd dat haar gedrag in geen enkel opzicht kunstmatig mag zijn als ze doet alsof ze zich aangetrokken voelt tot Mr Malcolm.'

'Volgens mij is dat iets heel anders dan wat ik zei,' zei Cassie.

'Het spijt me dat ik geen woorden heb gebruikt met minder lettergrepen...'

'Als jij zo slim bent, Mrs Hotemetoot, waarom ben je dan zelf niet geslaagd voor Malcolms testje?'

'Als jij me nou van tevoren had gewaarschuwd...'

Selina had er genoeg van. 'Stop hier onmiddellijk mee!' zei ze om hun ruzie de kop in te drukken. De neef en nicht keken haar verbluft aan. 'Ik heb deze week genoeg van jullie gekibbel gehoord voor een heel leven. Ik geloof dat ik wel een idee heb waar Mr Malcolm naar op zoek is. Dus wat is jullie plan: wanneer ga ik hem ontmoeten?'

Selina, die om de deur van de bibliotheek van haar gastheer gluurde, kon niet geloven dat ze haar eerste bal op deze manier moest doorbrengen. Ze was voorgesteld aan haar gastvrouw, Mrs Harrington, had één keer gedanst met Cassie en werd toen de bibliotheek in gebonjourd, waar ze zich de rest van de avond moest verschansen. Mr Malcolm was blijkbaar aanwezig en haar handlangers vonden dat ze een mysterieuze indruk moest maken om zijn belangstelling te wekken. Na haar eerste dans zou ze verdwijnen, terwijl Julia en Cassie zich onder de rest van de aanwezigen mengden en over de nieuwe Incognita zouden fluisteren. Selina kon niet anders dan bedenken dat het gezelschap in Bath, al waren de mensen er nog zo oud, te verkiezen was boven dat van de onbezonnen neef en nicht. 'Ik had toch maar naar Sussex moeten gaan,' zei ze hardop, terwijl ze nog steeds bij de deur stond en de lege gang in tuurde.

'Pardon?' zei een stem achter haar.

Ze draaide zich met een ruk om en zag een jongeman in de kamer, die blijkbaar uit zijn stoel was opgestaan na haar binnenkomst. En bij zijn aanblik was ze ineens heel blij dat ze niet naar Sussex was gegaan. Hij was de mooiste man die ze ooit had gezien. De bibliotheek was maar schaars verlicht – kennelijk hadden de Harringtons niet gedacht dat hun gasten er tijdens hun bal hun toevlucht zouden zoeken – dus Selina kon alleen maar hopen dat hij in het volle daglicht minder op een Griekse god zou lijken en meer op een gewone sterveling.

'Het spijt me dat ik stoor, mijnheer,' zei Selina toen ze eindelijk bekomen was van de verrassing.

'Geeft niet,' zei hij, terwijl hij het papiertje dat hij in zijn hand hield opvouwde en in zijn zak stak. 'Ik zat alleen maar wat te peinzen over de zinloosheid van een droom.'

Selina, die net nog precies hetzelfde had gedacht, vermoedde nu toch dat ze misschien te haastig tot die conclusie was gekomen. 'Kan een droom werkelijk zinloos zijn? Hij geeft ons hoop, en hoop is iets moois.'

'Dat vindt u. Anderen geloven misschien, zoals de dichter ooit zei: "Hoop is het meest hopeloze van alles."'

'Wat een trieste overtuiging! Ik geloof liever, net als Johnson, dat hoop het "grootste geluk is dat deze wereld te bieden heeft". Maar misschien hoopt u op iets onwaardigs. In dat geval verdient u het tevergeefs te hopen. Geeft u maar toe, mijnheer, u had gehoopt te winnen aan de speeltafels en u hebt verloren, en nu geeft u zich over aan een vlaag van teleurstelling.'

De mysterieuze heer glimlachte. 'Aan zulk kinderachtig gedrag zou ik me nooit overgeven, al zou ik, mocht ik een gokje wagen, wel hopen te winnen.'

'Dus u beweert daarmee dat u op iets waardigs hoopte.'

'Inderdaad.'

'Dan hoop ik dat u het krijgt,' zei Selina met een glimlach.

'Ik ben vereerd. Misschien heb ik het wel mis als ik denk dat hopen geen zin heeft,' zei hij, terwijl hij Selina aandachtig opnam.

Haar glimlach werd wat aarzelender en er viel een ongemakkelijke stilte. Selina besefte plotseling dat ze niet alleen in de bibliotheek een filosofische discussie had mogen voeren met een haar onbekende heer. 'Het spijt me dat ik u heb gestoord. Ik moet gaan,' zei ze ten slotte, maar ze verroerde zich niet. Zodra de woorden uit haar mond kwamen, realiseerde ze zich dat ze geen kant op kon. Cassie en Julia hadden haar geïnstrueerd om daar te blijven totdat zij haar weer kwamen halen. Gelukkig zei de heer dat híj juist degene was die moest vertrekken, en hij liep naar de deur, waar ze nog steeds stond. Ze deed een stap opzij, maar hij bleef voor haar staan. 'Ik zou het heel fijn vinden als u een dans voor me wilt bewaren, als u eenmaal terug bent in de balzaal en we officieel aan elkaar voorgesteld zijn.'

Selina knikte alleen maar, ineens heel verlegen. Pas toen hij de kamer uit liep, herinnerde ze zich dat ze helemaal niet naar de balzaal zou terugkeren.

Mr Malcolm ging de balzaal binnen en zag dat zijn vriend Cassie naar hem op zoek was.

'Waar hing je uit? Ik heb een kandidate voor je. Een jong veulentje, pronte voorhand, lange benen...'

Malcolm had er spijt van dat hij ooit over die paardenanalogie was begonnen. Sindsdien beschreef Cassie iedere jongedame die hij tegenkwam in paardentermen.

'Geen interesse, Cassie. Volgens mij heb ik zelf al een kandidate gevonden.'

'Wat? Dat kun je niet menen!' riep Cassie uit. Malcolm keek hem verbaasd aan.

'Ik dacht dat je zo graag wilde dat ik een geschikte jongedame zou vinden.'

'Is ook zo. Het punt is alleen dat er een nieuw meisje in de stad is over wie iedereen het heeft. Ze is een paar weken op bezoek bij mijn nicht Julia. Het is een nogal mysterieus type.'

'Dat klinkt vrij alarmerend. Ik heb de neiging om mysterieuze jongedames op afstand te houden. Het blijkt meestal dat ze hunkeren naar hun dansmeester of zo'n soort volkomen ongeschikt figuur.'

'Dat is absoluut niet het geval, dat kan ik je verzekeren,' zei Cassie, maar Malcolm negeerde hem en keek terloops de balzaal in.

'Ik vraag me af hoe lang ze in de bibliotheek gaat blijven,' mompelde Malcolm, en Cassie keek geschrokken op.

'Wat zei je nou?' vroeg hij aan zijn vriend.

'O, niets belangrijks,' zei Malcolm. 'Ze zal wel getrouwd blijken te zijn of om een andere reden niet beschikbaar,' mompelde hij in zichzelf.

Cassie keek zijn vriend even onderzoekend aan voor hij zich verontschuldigde. Malcolm knikte alleen, terwijl hij nog steeds de balzaal afzocht naar de dame uit de bibliotheek, al was hij onzeker over hoe die tweede ontmoeting zou verlopen. Hij was behoorlijk onder de indruk van haar geweest, maar vreesde dat hij, als hij haar nog eens zou zien, zou ontdekken dat hij haar kwaliteiten had toegedicht die ze helemaal niet bezat, omdat hij zo graag een geschikte bruid wilde vinden. Ze leek een godsgeschenk en was zo plotseling de bibliotheek in komen stappen, net op het moment dat hij ervan overtuigd was dat een zoektocht geen zin had. Zelfs in de schemering van de bibliotheek had ze er sprankelend uitgezien. Haar grote ogen straalden van intelligentie en humor, en haar glimlach betoverde hem met zijn lieve oprechtheid. Hoe meer hij aan haar dacht, hoe meer zijn twijfels vervaagden en hij stond te trappelen om haar weer te zien, zodat hij kon ontdekken welke kleur die fascinerende ogen eigenlijk hadden.

Cassie haastte zich naar de bibliotheek en zag Selina troosteloos op een sofa voor zich uit staren.

'Miss Dalton, hebt u hier een heer ontmoet?' vroeg hij.

Selina keek op, geschrokken van Cassies plotselinge binnenkomst. 'Pardon? O, ja. Ja, inderdaad. Hij was erg knap. Hij vroeg me ten dans.' Bij de gedachte dat ze die dans zou moeten missen, betrok Selina's gezicht. Ze vroeg zich af waar Cassie zo om moest lachen.

'Uitstekend,' zei hij. 'Ik denk dat we terug moeten naar de balzaal zodat u kunt dansen.'

'Werkelijk? Kent u die heer dan?' vroeg Selina.

'Ik heb zo het vermoeden, ja,' antwoordde Cassie, met een nog veel bredere glimlach.

Cassie en Selina voegden zich bij Mrs Thistlewaite, die op Julia's terugkeer van haar dans zat te wachten. Mrs Thistlewaite was een kleine, timide vrouw met 'gevoelige zenuwen'. Ze was geen partij voor haar eigengereide dochter en stond Julia een buitensporige mate van onafhankelijkheid toe. Zij en haar man waren bijna op middelbare leeftijd toen Julia werd geboren en die geboorte werd dan ook als een wonder omarmd. Mr Thistlewaite was tijdens zijn leven een toegeeflijke vader geweest, en zelfs nu nog was Julia in staat haar moeder de luttele keren dat ze Julia tegensprak om te praten door te zeggen: 'Papa zou het hebben toegestaan.'

Mrs Thistlewaite begroette haar neef en Selina hartelijk, stond op toen ze dichterbij kwamen en liet haar sjaal op de grond vallen. Selina raapte hem voor haar op.

'Ach, wat onhandig van me. Dank je, Selina. Je bent een lief meisje. Maar waarom heb je niet gedanst? Ik heb je niet zien dansen met iemand anders dan Cassie.'

Selina en Cassie wisselden een blik, maar Julia kwam net op dat moment terug en gelukkig hoefde ze de vraag niet te beantwoorden.

'Cassie! Wat doet Selina hier? Zo verpest je al mijn inspanningen. Iedereen is gefascineerd door de nieuwe Incognita. Als ze Selina daadwerkelijk zien, zijn ze niet langer in haar geïnteresseerd.'

'Nou, bedankt, Julia,' zei Selina.

Cassie begon Julia over de ontmoeting in de bibliotheek te vertellen toen hij werd onderbroken door de komst van Mr Malcolm.

Selina, die zich nog steeds niet bewust was van de identiteit van de mysterieuze heer uit de bibliotheek, was blij om hem weer te zien. In het felle licht van de balzaal kon ze vaststellen dat hij precies even knap was als toen ze hem voor het eerst had gezien. Dit had het ongelukkige gevolg dat ze nauwelijks lucht kreeg en niet meer helder kon nadenken. Het duurde dus even voordat ze besefte hoe haar mysterieuze vreemdeling door Cassie werd aangesproken.

'Mr Malcolm?' zei Selina verbaasd, en ze bloosde toen iedereen haar kant op keek.

Malcolm glimlachte geamuseerd en trok zijn wenkbrauwen op naar Selina. 'Dat is juist. Ik heb uw naam echter nog niet gehoord.' Hij wendde zich vervolgens tot zijn vriend Cassie om de honneurs waar te nemen.

'Mr Malcolm, mag ik u voorstellen aan Miss Dalton.'

'Miss Dalton, het verheugt mij kennis met u te maken,' zei Mr Malcolm, terwijl hij zich over haar hand boog.

Selina maakte een kniebuiging en hoopte maar dat ze weer omhoog zou kunnen komen, want haar benen leken plotseling te slap om haar te ondersteunen. Dit was de onuitstaanbaar arrogante man die de harten van alle dames brak? De belachelijke schertsvertoning waaraan ze was begonnen, leek nu onmogelijker dan ooit. Selina wist dat ook zij net als alle andere vrouwen niet immuun was voor de blik uit die donkere ogen. Als zelfs Julia, die zoveel wereldser was dan Selina, was bezweken, welke kans had zij dan, de dochter van een nederige priester, om weerstand te bieden aan die verleidelijke, glinsterende ogen en die verwoestende glimlach?

Mr Malcolm verzocht haar om de volgende dans, maar voordat Selina haar verstand bijeen kon rapen en hem antwoord kon geven, was Julia tussen hen in gestapt en had ze hem toegesproken.

'Helaas, mijnheer, u bent te laat. Miss Dalton wordt sinds haar aankomst belegerd door bewonderaars en heeft haar dansen al aan anderen beloofd. Helaas is mij dat succes niet ten deel gevallen, en heb ik deze dans nog vrij.'

Mr Malcolm wist zijn teleurstelling opmerkelijk goed te verhullen. 'Doet u mij dan misschien de eer van deze dans?' vroeg hij aan Julia.

Julia accepteerde, en schonk haar neef Cassie een zeer dwingende blik, zodat die Selina zijn arm aanbood. Blijkbaar moest hij weer met Selina dansen om Julia's leugen geloofwaardig te maken. Selina vroeg zich af waar de rest van haar partners vandaan moesten komen, maar op het moment dat ze de dansvloer verliet, werd ze omringd door enthousiaste heren en was ze de rest van de avond inderdaad bezet. Helaas verbleekte iedere heer die ze ontmoette bij Mr Malcolm, die het bal kort na zijn dans met Julia verliet.

3

Terwijl Julia en Selina met Mrs Thistlewaite in de salon zaten te wachten op het bezoek van die ochtend, legde Julia aan Selina uit dat er waarschijnlijk niet zoveel mensen zouden komen als gewoonlijk, aangezien het seizoen in Londen een paar weken geleden officieel was afgelopen. Julia had nog veel meer te vertellen, maar al deed Selina alsof ze luisterde, in werkelijkheid zat ze zich af te vragen hoe ze zich moest gedragen als Mr Malcolm zich zou aandienen.

'Selina, luister je wel?' vroeg Julia ten slotte op scherpe toon.

'Natuurlijk, Julia. Je zat me te... ik bedoel, je gaf me advies.'

'Dus je bent het eens met wat ik zei?'

'Uiteraard. Jij hebt meer ervaring met dit soort zaken,' zei Selina afwezig, en ze bedacht dat ze misschien een meer ingetogen jurk had moeten dragen. Haar zalmkleurige japon was weliswaar heel stijlvol, maar misschien was hij een beetje te opzichtig bij haar haren. Maar Julia, die het toonbeeld van elegantie was, had haar verzekerd dat hij 'precies goed' was, dus troostte ze zich met die wetenschap.

De butler kondigde de eerste bezoeker aan, ene Lord Sylvester Mountjoy, en Selina zette haar afleidende gedachten van zich af om Lord Sylvester, een van haar danspartners van de vorige avond, te vermaken. Al snel was de salon van de Thistlewaites gevuld met enthousiaste jonge heren, en

Selina merkte dat ze genoot van haar sociale succes en dat ze Mr Malcolm bijna vergat. Ze schrok dus nogal toen Reeves, de butler van de Thistlewaites, hem aankondigde.

Mr Malcolm kwam de kamer binnen en begroette Mrs Thistlewaite en Julia voordat hij op Selina afstapte.

'Goedendag, Miss Dalton. Ik neem aan dat ik u in goede gezondheid tref?'

'Zeker, mijnheer,' stamelde Selina, die zich plotseling bleu en weinig werelds voelde. 'En u?'

'Ik maak het redelijk goed, dank u.'

Er viel een ongemakkelijke stilte toen Mr Malcolm voor Selina stond en Selina's bewonderaars hem jaloers aanstaarden. Alle stoelen in de buurt van Selina waren bezet, en het was duidelijk dat geen van de jonge heren bereid was zijn stoel aan Mr Malcolm af te staan.

'Ik vind het heel vervelend om u bij zulk aangenaam gezelschap weg te halen, Miss Dalton, maar ik moet u aan onze afspraak herinneren.'

'Onze afspraak?' herhaalde Selina niet-begrijpend. Nog verbijsterder was ze toen Mr Malcolm snel een oog dichtkneep en weer opende.

'U bent het toch niet vergeten? U beloofde me op het bal dat u vandaag met me uit rijden zou gaan, omdat ik niet het geluk had met u te kunnen dansen.'

Selina voelde zich onwillekeurig gevleid door Mr Malcolms overduidelijke truc om haar weg te halen bij haar bewonderaars. Ze schonk hem een heimelijk lachje, maar voordat ze antwoord kon geven, kwam Julia opnieuw tussenbeide.

'Selina, vergeet niet dat je vanmiddag al met Cassie zou gaan rijden. Hij kan er elk moment zijn.'

'Ik weet zeker dat Cassie er geen bezwaar tegen heeft als Miss Dalton met mij uit rijden gaat. Hij had het voorrecht om gisteravond met haar te dansen, terwijl mij die eer niet te beurt viel,' zei Mr Malcolm.

'Maar toen ik Selina vanmorgen vroeg of ze zich verheugde op haar rit met Cassie, zei ze dat ze het een goed idee vond,' zei Julia veelbetekenend.

Selina moest onbewust ermee ingestemd hebben te doen alsof ze al andere afspraken had als Mr Malcolm haar mee uit zou vragen, besefte ze. Ze zag wel dat Julia's strategie was om te doen alsof zij, Selina, onbereikbaar was, maar ze had het gevoel dat Julia nu toch wat te ver ging.

'Het spijt me, Julia. Ik was vergeten dat ik al had afgesproken om met Mr Malcolm te gaan rijden,' zei Selina.

'Er valt blijkbaar nogal makkelijk wat af te spreken met Miss Dalton,' zei Lord Sylvester met zijn piepstem. Een paar heren lachten plichtsgetrouw om zijn grapje.

'Daar heeft het alle schijn van,' zei Julia, die Selina vanaf de andere kant van de kamer boos aankeek.

'Miss Thistlewaite,' zei Malcolm met een ongeduldige blik in Julia's richting, 'ik waardeer uw loyaliteit aan uw neef, maar ik weet zeker dat Cassie er geen bezwaar tegen heeft als ik Miss Dalton mee uit rijden neem.'

'Ik ga mijn spullen even halen,' zei Selina, terwijl ze van haar stoel sprong voordat Julia een andere list kon bedenken om haar en Mr Malcolm uit elkaar te houden.

Selina holde de trap op naar haar kamer, zette snel haar hoed op en trok haar jakje aan. Dat had een opstaande kanten kraagje en zag er in combinatie met haar jurk heel koket uit. Voor Mr Malcolm wilde ze er kennelijk op haar best uitzien, om redenen die helemaal niets te maken hadden met Julia's plannetje.

Toen ze de trap af liep, zag ze het silhouet van de wachtende Mr Malcolm afgetekend in het licht dat door het bovenlicht in de deur naar binnen viel, en ze bedacht weer dat het niet eerlijk was dat een man zo knap was.

'Ik ben er klaar voor,' zei ze, terwijl ze voor hem bleef staan.

'Niet helemaal,' zei hij, en hij stapte naar voren tot er nog geen vijftien centimeter tussen hen zat. Selina hield haar adem in toen zijn handen naar haar gezicht kwamen, haar hoed vastpakten en een beetje schuin kantelden. 'Nu bent u klaar,' zei hij.

'Dank u wel,' fluisterde ze.

'Het was me een genoegen,' zei hij met een glimlach. Selina vond dat hij veel te dichtbij stond; zijn nabijheid had een wonderlijk effect op haar. Mr Malcolm leek echter nergens last van te hebben. Hij nam Selina bij de arm en leidde haar het bordes van het herenhuis af naar zijn rijtuig.

Selina was er nog steeds niet aan gewend om in zo'n sierlijk, hoog voertuig te rijden. De enige andere keer dat ze in een rijtuig had gereden was met Cassie, en die raakte veel te snel afgeleid, dus helemaal op haar gemak had ze zich toen niet gevoeld. Maar Mr Malcolm leek alles onder controle te hebben. Al snel ontspande Selina zich en begon ze ervan te genieten.

'Miss Thistlewaite lijkt vastbesloten te voorkomen dat we van elkaars gezelschap genieten,' zei Mr Malcolm tegen Selina, nadat hij hen veilig door het Londense verkeer had geloodst.

'Pardon?' zei Selina, die zich half omdraaide om hem aan te kijken. Maar zijn gezichtsuitdrukking verraadde niets.

'Uw vriendin Miss Thistlewaite. Ze lijkt allerhande excuses te verzinnen om ons uit elkaar te houden.'

'Werkelijk? Daar heb ik niets van gemerkt,' zei Selina, zenuwachtig friemelend aan haar handschoen zodat ze Mr Malcolms zijdelingse blik kon ontwijken.

'U moet het toch ook gemerkt hebben. Je moet wel heel

argeloos zijn om dat niet te hebben gezien. Miss Thistlewaite was niet bepaald subtiel.'

Selina besefte dat ze het onderwerp niet langer kon omzeilen door te doen alsof ze geen erg had in Julia's gedrag. 'Misschien heeft Julia gewoon het beste met mij voor,' zei ze.

'Hoe bedoelt u?'

'Nou, u hebt toch een zekere reputatie...' Selina aarzelde, en zocht naar het juiste, minst beledigende woord.

'Van een flierefluiter?' opperde Mr Malcolm.

'Nou... inderdaad.'

'Een hartenbreker?'

'Zo zou u het kunnen noemen.'

'Een verwoester van jongedamesdromen?' ging Malcolm verder met opsommen.

'Dat is een absurde overdrijving, maar ik heb inderdaad geruchten in die trant gehoord.'

'En u gelooft deze beschrijving van mij?' vroeg Malcolm aan Selina.

Selina aarzelde en keek naar Mr Malcolm. Hij zag er even knap en werelds uit als altijd, maar hij keek ernstig, alsof hij zijn gelaat streng in bedwang hield. Terwijl Selina zo naar hem zat te kijken, wierp hij een blik op haar, en het viel haar op hoe kwetsbaar hij plotseling leek.

'Ik weet niet precies wát ik moet geloven,' zei ze tegen hem, en ze werd beloond met een glimlach.

'Het lucht me op dat u dat zegt, Miss Dalton, want ik vind dat ik de reputatie die ik heb verworven niet verdien. En vooral in het geval van Miss Thistlewaite treft mij geen blaam.'

'Ze vertelde me dat u haar een zeer nadrukkelijk soort aandacht hebt geschonken.'

'Ik heb haar naar de opera begeleid.'

'U hebt haar naar de opera begeleid,' herhaalde Selina.

'Eén keer.'

'Was het een geestige opera?' vroeg Selina, die ineens de absurditeit van de situatie inzag.

Mr Malcolm dacht na over de vraag. 'Nee, het was geen geestige opera. De sopraan haalde bijna geen enkele noot en Miss Thistlewaite droeg een veer in haar haar.'

'Een veer?'

'Die streek die avond heel vaak langs mijn neus zodat ik steeds moest niezen,' zei Malcolm met een stalen gezicht. Pas toen hij naar Selina keek, zag ze de glinstering in zijn ogen.

'Ik begrijp het helemaal,' zei Selina.

'O ja?' vroeg Malcolm.

'Zeker. U en Miss Thistlewaite zijn het slachtoffer van een aantal onfortuinlijke omstandigheden. Veren en gillende sopranen zijn niet bevorderlijk voor de romantiek. Zelfs de beroemdste liefdesparen uit de geschiedenis zouden door dergelijke omstandigheden worden afgeschrikt,' zei Selina met zogenaamd ernstig gezicht.

'Dus u spreekt mij vrij van het flierefluiterig omgaan met de gevoelens van Miss Thistlewaite?'

'Ik vrees dat ik dat niet kan doen. Want ziet u, u liet u wel heel makkelijk afschrikken. Een oprechte heer zou het nog eens geprobeerd hebben. Haar misschien nog eens voor een concert hebben uitgenodigd.'

'Maar ik wist na de opera al dat ik niet geïnteresseerd was in Miss Thistlewaite. Als ik haar dan toch was blijven uitnodigen, zou ik mijn reputatie ook echt hebben verdiend.'

'Misschien hebt u gelijk,' zei Selina. 'Arme Julia. Ik kan haar teleurstelling wel begrijpen. Het moet nogal vernederend zijn om bij een heer niets anders op te wekken dan de aandrang tot niezen.'

'O, dat heb ik niet gezegd. Miss Thistlewaite heeft van tijd tot tijd ook andere verlangens in mij losgemaakt.'

'O ja?' vroeg Selina, die het gevoel had dat het gesprek, dat net nog zo leuk liep, opeens de verkeerde kant op ging.

'O ja. Vanmiddag, bijvoorbeeld, verlangde ik er vurig naar om mijn kravat in haar mond te proppen.'

Selina lachte net wat harder dan de grap verdiende, zo opgelucht was ze dat Mr Malcolms verlangens niet van het amoureuze soort waren. 'Laten we alstublieft niet meer over Julia praten. Ik voel me een verrader.'

'Aan dat verzoek voldoe ik maar al te graag. Laten we het liever over u hebben.'

'Over mij?' vroeg Selina verbaasd.

'Ja. Vertel alstublieft eens iets over uzelf.'

'U moet wel weten dat er geen effectievere manier is om een gesprek in de kiem te smoren dan iemand te vragen over zichzelf te praten. Niemand van ons kaart graag zijn eigen tekortkomingen aan, en als we onze sterke punten zouden benoemen, zou men ons voor opschepper uitmaken, en terecht.'

'Ach, u hebt gelijk. U moet het me maar vergeven, maar mijn beperkte ervaring met de dames is dat ze altijd meer dan bereid lijken om over zichzelf te praten,' zei Mr Malcolm wrang, en Selina maakte uit zijn toon op dat zijn beperkte ervaring met haar seksegenoten hem niet per se bevallen was. Ze was er niet helemaal van overtuigd dat een heer die er zo goed uitzag als hij maar beperkte ervaring met dames had. Maar misschien had zijn kieskeurigheid hem afgeschermd van te veel interactie met dames. Dit hoopte ze wel, merkte ze. De gedachte dat hij tal van affaires had gehad beviel haar om de een of andere reden in het geheel niet.

Voordat ze kon antwoorden, werd hun gesprek onderbroken door een mannenstem die riep: 'Jeremy Malcolm?'

Malcolm en Selina hadden in Hyde Park rondgereden, maar aangezien het nog niet het modieuze tijdstip van vijf uur was, waren er niet al te veel anderen bezig met een soortgelijk tijdverdrijf. Het handjevol anderen dat het park bevolkte, leek voornamelijk te bestaan uit kindermeisjes en de kindertjes voor wie zij zorgden en een paar eenzame ruiters. Een van die ruiters was op hen afgekomen en sprak Malcolm aan.

Mr Malcolm hield de paarden in, eerst misnoegd over de onderbreking, maar verheugd toen hij zag wie deze indringer was. 'Henry, beste vriend, wat een verrassing! Ik dacht dat je bij je regiment in het noorden gestationeerd was.'

'Ja, nou ja, ik heb besloten verraad te plegen en me aan te sluiten bij jullie luie nietsnutten.'

'Weet je zeker dat je ons aankunt? Het kan behoorlijk vermoeiend zijn,' zei Malcolm grijnzend naar zijn vriend. Toen herinnerde hij zich zijn vrouwelijke metgezel, wendde zich tot haar en zei: 'Miss Dalton, mag ik u voorstellen aan Mr Henry Ossory?'

'Miss Dalton?' zei Mr Ossory op hetzelfde moment dat Selina zei: 'Mr Ossory?'

De knappe, blonde jonge heer, die een zwarte armband droeg, keek eerst verbaasd en toen verrukt. 'Miss Selina Dalton?' vroeg hij met een glimlach.

Malcolm keek hen een beetje jaloers aan. 'Ik neem aan dat jullie twee elkaar kennen?'

'Miss Dalton was een uitstekende compagnon voor de weduwe van mijn oom. Ik ben eigenlijk hier in Londen omdat ik haar wilde bedanken voor haar vriendelijkheid jegens mijn tante.'

'Ik ben erg blij u te ontmoeten, mijnheer,' zei Selina tegen hem. 'Ik had veel waardering voor uw tante en wilde u al zo lang mijn medeleven betuigen.'

'Dank u,' zei Mr Ossory, en zijn stralende glimlach ebde heel even weg. 'Het spijt me dat ik haar niet meer heb gezien voordat ze stierf.'

Het paard van Mr Ossory hinnikte en hij boog zich voorover om het dier te aaien. 'Ik zou u waarschijnlijk uw rit moeten laten hervatten, maar ik zou u graag eens bezoeken, Miss Dalton, als u mij uw adres wilt geven.'

'Ik logeer bij de Thistlewaites op Berkley Square,' zei ze tegen hem en ze gaf hem het nummer. 'Ik zou u graag ontvangen.'

'Dank u. Dan breng ik u binnenkort een bezoek. Goedendag, Miss Dalton. Malcolm.'

Mr Ossory reed weg en liet Mr Malcolm en Selina alleen achter.

'Wat een prettig toeval,' zei Selina terwijl ze Mr Ossory nakeek.

'Zeg dat wel,' antwoordde Mr Malcolm een tikje grimmig.

4

Selina keerde terug van haar rit en werd opgewacht door een kokende Julia. Ze was amper binnen of Julia bestormde haar en trok haar de inmiddels lege salon in.

'Selina! Waarom ben je uit rijden gegaan met Mr Malcolm? We waren het er toch over eens dat het beter zou zijn als jij een paar dagen niet alleen met hem zou zijn, om er zeker van te zijn dat je zijn interesse zou wekken.'

'Het spijt me, Julia, maar het leek me de juiste keuze. Bovendien ben ik er niet zo zeker van dat dit idee wel zo'n goed idee is. Ik mag Mr Malcolm wel. Hij komt op mij helemaal niet arrogant over.'

'Wat ben je naïef. Ik zei toch dat hij een spelletje met me speelde en me heeft vernederd?'

'Maar hij vertelde me dat hij je alleen maar naar de opera heeft begeleid. Dat lijkt me geen halsmisdaad.'

'Heeft hij het over de lijst gehad? Heeft hij je verteld over mijn wimpers?' vroeg Julia, geïrriteerd.

'Wat?' vroeg Selina.

'Hij is zo kritisch, zo aanmatigend. Niets kan die man bekoren. Wacht maar tot hij jou tegen die lijst van hem afzet. Dan ontdek je vanzelf hoe vreselijk onaangenaam hij kan zijn.'

'Rustig, Julia, alsjeblieft. Je bent helemaal van de kook,' zei Selina, vreselijk geschrokken. Julia klonk bepaald hysterisch.

'Selina, zeg alsjeblieft dat je me wilt helpen. Zelf ben ik niet bij machte hem te raken; de hele Londense society is van hem in de ban. Dit is de enige manier, snap je dat dan niet?' Julia had Selina bij de schouders gegrepen en tot Selina's grote schrik leek het alsof ze op het punt stond te gaan huilen.

'Ik denk gewoon niet dat hij de slechterik is waar jij hem voor uitmaakt, Julia. Misschien moet je meer tijd met hem doorbrengen, hem beter leren kennen.'

Julia stampte met haar voet als een driftig klein kind. 'Ik wil hem helemaal niet beter leren kennen! Ik wil dat hij vernederd wordt, zoals hij mij vernederd heeft!'

'Volgens mij reageer je een beetje overdreven op de situatie,' zei Selina, ervan overtuigd dat haar oude schoolvriendin aan niets anders leed dan aan gekrenkte trots. Er viel een lange stilte terwijl Julia haar kalmte hervond en hooghartig rechtop ging zitten.

'En ik denk dat ik een fout heb gemaakt door je hier uit te nodigen. Misschien kun je maar beter naar Bath terugkeren.'

Selina staarde Julia aan, verbaasd dat ze zo wraakzuchtig kon zijn. 'Misschien heb je gelijk,' antwoordde ze, en ze draaide zich om en wilde de kamer verlaten.

Julia holde naar de deur om te voorkomen dat Selina vertrok. 'Toe, Selina, ik meende het niet, dat van teruggaan naar Bath. Blijf alsjeblieft.'

Selina bleef Julia koeltjes aankijken. 'Ik geloof niet dat ik onder deze omstandigheden wil blijven.'

'Dat begrijp ik,' zei Julia. Er biggelde een traan over haar wang. 'Iedereen kiest zijn kant,' zei ze bedroefd.

'Ik kies helemaal geen kant...'

'Het geeft niet,' zei Julia, dapper glimlachend. 'Ik ken je al jaren en jij kent Mr Malcolm nog geen dag, maar ik zie wel dat ik niet tegen hem op kan. Hij heeft dit effect op alle vrouwen. Hij oefent een soort macht over hen uit.'

'Hij heeft helemaal geen enkele macht uitge...' begon Selina te zeggen, maar toen aarzelde ze. Had Julia gelijk? Selina voelde zich sterker aangetrokken tot Mr Malcolm dan tot enige andere man die ze ooit had ontmoet. Telkens als zijn hand langs die van haar streek, als hij naar haar glimlachte met die volmaakte mond en dat gelijkmatige, witte gebit, als hij haar aanstaarde met die donkerbruine ogen, werd ze tot in het diepst van haar wezen geraakt.

Julia keek naar Selina met een veelbetekenend lachje op haar gezicht. 'Ik vraag je alleen om er nog eens goed over na te denken, Selina. Doe dat nou maar.'

'Goed, Julia. Dat zal ik doen.'

'Fijn,' zei Julia, en ze klapte vrolijk in haar handen. Selina kon zich alleen maar verbazen over de kwikzilverachtige stemmingen van haar vriendin en hoopte dat ze nooit meer de kans kreeg om zulke extremen mee te maken.

Selina bracht een rusteloze nacht door met piekeren, maar ze kwam niet tot een bevredigende conclusie. Was Mr Malcolm een schurk die niets anders deed dan vrouwenharten breken, of was Julia een verwend nest dat uit was op wraak? Het viel zo lastig te zeggen, en Selina besefte uiteindelijk dat de enige manier om de waarheid te achterhalen was door meer tijd door te brengen in het gezelschap van Mr Malcolm. Aangezien ze dit toch al wilde doen, viel het haar niet zwaar om zichzelf ervan te overtuigen dat dit ook maar het beste was. Wel besloot ze daarbij haar hart te beschermen. Ze wilde niet de laatste zijn in zijn reeks veroveringen.

Na het ontbijt wachtten zij en de Thistlewaites het ochtendbezoek op in de salon. Selina hoopte dat Mr Malcolm langs zou komen en kon haar opwinding bij het vooruitzicht nauwelijks in toom houden. Toen Reeves aan de dames aankondigde dat er een bezoeker was, wist ze zeker dat hij het was.

'Wie is het, Reeves?' vroeg Mrs Thistlewaite.

'Een Mr Ossory, mevrouw.'

'Ik ken helemaal geen Mr Ossory,' zei Mrs Thistlewaite en ze keek wat verbaasd.

Selina was haar ontmoeting met Mr Ossory van de vorige dag bijna vergeten, en al was ze een beetje teleurgesteld omdat hij Mr Malcolm niet was, toch was ze verheugd om nader kennis te kunnen maken met de jonge heer over wie Mrs Ossory altijd zo vriendelijk had gesproken. 'Het is in orde, Mrs Thistlewaite,' zei Selina tegen haar. 'Hij is een kennis van mij. Ik zou hem graag willen zien.'

'Natuurlijk, kindje. Laat hem binnen, Reeves.'

Selina begroette Mr Ossory voordat ze hem voorstelde aan Julia en Mrs Thistlewaite, die hun genoegen uitspraken om hem te ontmoeten. Selina werd opnieuw getroffen door zijn knappe verschijning, en als ze Mr Malcolm nog niet had leren kennen, zou ze ongetwijfeld zijn gevallen voor Mr Ossory's jongensachtige knappe uiterlijk en open gezicht.

Hij converseerde het vereiste kwartiertje met de drie dames voordat hij de eer vroeg om Selina mee uit rijden te mogen nemen.

Selina stemde toe en werd in weer een ander rijtuig geholpen en opnieuw in de richting van Hyde Park gereden.

'Ik weet niet of u zich bewust bent van het feit dat mijn tante u vaak heeft genoemd in haar correspondentie met mij, Miss Dalton,' zei Mr Ossory.

'Nee, daar was ik me niet van bewust. Maar het verbaast me niet. Uw tante behandelde me nooit als personeel, maar altijd als een geliefde vriendin en een gezelschapsdame in de ware zin van het woord.'

'Ik weet dat ze erg gesteld was op uw moeder en u als een kleindochter zag. Dat is de reden waarom ik naar u op zoek was. Het was op haar verzoek.'

'Wat aardig van u. Ik moet bekennen dat ik ook wel wat nieuwsgierig naar u was. Uw tante heeft het vaak over u gehad. Het verheugt me dat ik nu de kans krijg om kennis met u te maken.'

'Dat vind ik ook. Ik moet echter toegeven dat ik nog een ander motief heb om u op te zoeken.'

Mr Ossory zweeg even en leek te aarzelen.

'Ja?' vroeg Selina.

'Ik ben naar de stad gekomen om u te ontmoeten omdat ik geloof dat mijn tante van ons verlangde dat we ons zouden verloven.'

Selina voelde dat haar hart onaangenaam snel begon te kloppen. 'Wat...' Ze zweeg even om haar keel te schrapen voordat ze wat rustiger verderging: 'Wat gaf u die indruk?'

'Haar brief aan mij, vlak voor haar dood. Daarin schreef ze: "Het is mijn wens dat jij en Selina een match worden".'

'O. Aha. Dan hebt u haar bedoeling waarschijnlijk correct geïnterpreteerd.'

Selina merkte dat ze te verlegen was om Mr Ossory in de ogen te kijken. Er viel een ongemakkelijke stilte tussen hen totdat Selina een steelse blik wierp op Mr Ossory, die op dat moment net naar haar keek. Hun blikken ontmoetten elkaar en opeens begon Selina te giechelen. Mr Ossory moest ook lachen.

'Ja, ze draaide er niet omheen. Tenzij ze het natuurlijk over boksen had. Misschien bedoelde ze dat we een boksmatch moesten aangaan.'

Selina moest erg haar best doen om niet te schaterlachen. 'Of schaken! Had ze het misschien over schaken?'

Mr Ossory schudde ernstig zijn hoofd. 'Ik ben bang van

niet. Mijn tante wist wel dat ik een zeer beroerde schaker ben.'

Ze moesten nog steeds lachen, en kwamen met allerhande suggesties voor matches: 'Cricket' en '*Vingt-et-un*', tot ze door Mr Malcolm werden onderbroken. Mr Malcolm bevond zich in de weinig benijdenswaardige positie dat hij zijn begroeting twee keer moest herhalen voordat zijn vrienden zijn aanwezigheid opmerkten.

'Goedendag, Henry, Miss Dalton,' zei hij nogmaals, terwijl hij met zijn paard naast het langzaam voortgetrokken rijtuig liep.

Ze keken eindelijk op en Mr Ossory bracht zijn span paarden tot stilstand. 'Malcolm!' zei Mr Ossory met zijn stralende, open gezicht. 'Wat leuk je te zien.'

'Goedendag, Mr Malcolm,' zei Selina vriendelijk.

'Het lijkt erop dat ik een geestig gesprek heb onderbroken.'

'O, het was niets belangrijks. We hadden het alleen over een brief die Mr Ossory van zijn tante heeft ontvangen,' zei Selina. Mr Malcolm, die Mrs Ossory nooit had ontmoet, had niets te melden over dat onderwerp. Er viel een wat ongemakkelike stilte tussen de drie jonge mensen.

'Ik vroeg me af of u vanavond het bal van Lady Hartley bijwoont,' vroeg Malcolm ten slotte.

'Ik geloof van wel,' zei Selina.

'Uitstekend. Misschien kunt u dan de eerste wals en de avonddans voor mij reserveren.'

'Met alle plezier.'

Selina, die besefte dat ze Mr Ossory buitensloten, wendde zich tot hem: 'En u, Mr Ossory, gaat u vanavond naar het bal van Lady Hartley?'

'Helaas niet. Lady Hartley en ik zijn geen bekenden van elkaar.'

Malcolm kon zijn triomfantelijke grijns nauwelijks onderdrukken. Hij was blij dat hij Selina die avond voor de neus van zijn zogenaamde vriend kon wegkapen. Toen keek hij Selina even aan, die hem met een smekende uitdrukking op haar lieftallige gezichtje aanstaarde.

'Misschien kan ik een introductie regelen,' hoorde hij zichzelf zeggen, en hij werd beloond met een stralende glimlach van Selina. Minder blij was hij met de grijns op Henry's gezicht, hoewel hij beleefd reageerde op Henry's uitbundige dankbetuiging.

'Ik zie jullie allebei vanavond,' zei Malcolm, en hij reed weg.

Selina en Mr Ossory hervatten hun rit, maar om de een of andere reden was Selina niet meer zo in haar nopjes met Mr Ossory's gezelschap als zojuist.

Eenmaal terug ging Selina naar haar kamer, blij dat ze aan een treffen met Julia ontsnapt was. Ze wilde rusten, want ze had een lange avond voor zich. Haar enige ervaring met het bijwonen van een bal tot dusver had haar geleerd dat ze waarschijnlijk tot in de late uurtjes weg zou zijn.

Ze trok de gordijnen om haar bed open en zag Julia daar liggen, volledig gekleed en diep in slaap.

'Julia,' zei Selina. Er kwam geen reactie.

'Julia,' zei Selina iets harder, terwijl ze haar hand uitstak en Julia zachtjes door elkaar schudde.

'Wat?' zei Julia met haar ogen knipperend. 'O,' zei ze en ze geeuwde. 'Ik lag te wachten tot je terugkwam van je ritje. Blijkbaar ben ik in slaap gevallen.'

'Ja, blijkbaar,' zei Selina. Julia ging rechtop zitten. 'En, hoe was het?'

'Het was heel aangenaam.'

'Dat zal best,' zei Julia. 'Mr Ossory lijkt me een vriendelijke jongeman.'

'Dat is hij zeker,' beaamde Selina, en ze sloeg haar armen over elkaar. Ze vroeg zich af welk nieuw sluw plan er onder Julia's fraaie krullenbos werd uitgebroed.

'Hij is toch niet in jou geïnteresseerd, hè?'

'Geïnteresseerd in mij?' vroeg Selina.

'Ja, in romantische zin, bedoel ik.'

'Natuurlijk niet.'

Julia slaakte een zucht van opluchting. 'Ik moet zeggen, ik ben blij dat te horen.'

'Hij wil alleen met me trouwen omdat zijn tante dat heeft geopperd,' zei Selina.

'Maar hij kan niet met je trouwen! Dan loopt mijn plan in de soep! Hoe kan Mr Malcolm verliefd op jou worden als je je met iemand anders verlooft?'

'Dat wordt dan wel lastig, ja,' beaamde Selina.

'Jij geniet hiervan!' zei Julia op beschuldigende toon.

'O Julia, maak je geen zorgen. Ik ben niet van plan me te verloven met Mr Ossory.' Julia ontspande en begon te glimlachen. 'Tenminste, niet meteen al,' voegde Selina eraan toe.

'Dus je bent van plan om je uiteindelijk met hem te verloven?'

Nu werd Selina toch ernstig. 'Ik weet het niet. Ik moet toegeven dat ik had gehoopt in de stad iemand te ontmoeten met wie ik zou kunnen trouwen, zodat ik in de positie zou zijn om mijn jongere zusjes te presenteren. Het is geen geheim dat mijn ouders het zich niet kunnen veroorloven. En ik vind Mr Ossory erg aardig. Jij niet?'

Julia was ineens heel geïnteresseerd haar nagels aan het inspecteren. 'Ik zei toch al dat ik hem een vriendelijke man vond,' zei ze.

'Hij is buitengewoon vriendelijk. En zijn tante wilde graag dat we een match werden.' Selina wierp zich naast Julia op het bed. 'Ik heb al een heel goed aanzoek afgewezen, en de heer in kwestie had gelijk toen hij zei dat ik misschien niet nog een kans zou krijgen.'

'Wie was het?'

'Ene Mr Woodbury. Hij is vijfenzestig en behoorlijk dik. Ik had het gevoel dat ik niet met hem kon trouwen, zelfs niet omwille van mijn familie. Mr Ossory heeft echter een vrij goed inkomen en, zoals je zelf al zei, hij ziet er vrij aardig uit. Is het dan echt zo verkeerd als ik met hem zou trouwen, ook al voel ik me aangetrokken tot... iemand anders?'

'Ik mag toch hopen dat je niet doelt op Mr Malcolm. Het zou dwaasheid zijn om gevoelens te hebben voor zo'n man!' zei Julia.

'Je hebt gelijk; hij is veel te hoog gegrepen voor iemand als ik. Hij speelt waarschijnlijk gewoon een spelletje met mijn genegenheid.' Selina keek hoopvol naar Julia, die alleen maar knikte. 'Ik veronderstel dat ik dan Mr Ossory's aanzoek maar moet aanmoedigen. Ik vind hem best leuk.'

Dit antwoord leek Julia ook al niet te zinnen. 'Je hoeft niets overhaasts te doen! Je zou toch niet willen dat een man met jou trouwt, alleen maar omdat zijn tante dat van hem vroeg!'

'Ik heb geen idee wat ik wil,' zei Selina. 'Het is allemaal zo ingewikkeld.'

'Het is inderdaad heel ingewikkeld,' beaamde Julia. 'En dat is allemaal de schuld van Mr Malcolm.'

Selina rolde met haar ogen om Julia's neiging om Mr Malcolm altijd overal de schuld van te geven, maar toch was ze het niet oneens met haar. Het leven zou niet half zo ingewikkeld zijn als hij er niet was geweest.

5

Selina hoorde een klop op haar deur toen ze net de laatste hand aan haar toilet legde. Voordat ze de kans kreeg om iets te zeggen, ging de deur open en kwam Julia de kamer binnenhollen.

Julia was voor het bal gekleed in een aquamarijnkleurige baljapon met een doorschijnende zilveren overjurk. Diamanten glinsterden om haar nek en aan haar oren. Selina vond dat ze eruitzag als een sprookjesprinses en dat zei ze ook tegen haar.

Julia leek verheugd over het compliment. 'Dank je. Jij ziet er ook heel leuk uit, maar ik dacht dat je voor vanavond deze misschien zou willen lenen?' zei ze, gebarend naar de doos in haar hand. Ze opende hem en toonde een halsketting en oorbellen van robijn.

'Ze zijn schitterend,' zei Selina. 'Maar zoiets waardevols kan ik toch niet lenen.'

'Onzin,' zei Julia, terwijl ze de ketting uit het doosje haalde en hem om Selina's hals deed. 'Je nek ziet er vrij kaal uit zonder.'

Selina moest toegeven dat dit waar was. Ze was nogal geschrokken toen ze voor het eerst naar de stad kwam en besefte dat het de mode was om baljurken te dragen met een veel lagere halslijn dan zij gewend was. Ze vond haar bronskleurige baljurk prachtig, maar het viel niet te ontkennen dat de ketting erin slaagde een groot deel van het ontblote vel te bedekken.

'Nou, als je het heel zeker weet,' zei Selina, terwijl ze haar spiegelbeeld vergenoegd bekeek. Ze herkende zichzelf nauwelijks. Julia's kamermeisje had haar haar in een gevlochten kroon boven op haar hoofd gelegd, met een paar lokken die eruit ontsnapten achter in haar nek. De bronskleurige japon leek het vuur in haar haren en huid te benadrukken, en de robijnrode ketting maakte het geheel af.

'Dank je, Julia,' zei ze. Af en toe verraste haar verwende schoolvriendin haar met een lief gebaar.

'Niets te danken,' antwoordde Julia. 'We kunnen het niet hebben dat Mr Malcolm iets op je uiterlijk aan te merken heeft.'

'Nee, natuurlijk niet,' zei Selina en ze slaakte een zucht.

Selina was verbaasd te merken hoe blij ze was Cassie die avond te zien. Hij begeleidde hen naar het bal van Lady Hartley en het was voor het eerst dat ze hem weer zag sinds hij een paar avonden geleden met hen naar haar eerste bal was gegaan. Ze had het gevoel dat ze zich in zijn niet zo veeleisende aanwezigheid kon ontspannen.

Totdat hij op haar voet ging staan toen hij haar uit het rijtuig hielp.

Selina schreeuwde het uit van pijn terwijl Cassie zich uitbundig verontschuldigde, Julia hem een uitbrander gaf omdat hij een onhandige idioot was, en Mrs Thistlewaite hulpeloos rondfladderde en steeds maar 'O jeetje' zei.

'Het is geen probleem,' siste Selina tussen opeengeklemde kaken door, zich realiserend dat hun gezelschap de aandacht trok. 'Als ik me maar even aan je arm kan vasthouden, Cassie.'

Selina liep zo gracieus als ze kon naar de ontvangstrij en probeerde al haar gewicht op haar niet-gewonde voet te brengen. Terwijl ze stonden te wachten op hun beurt om hun gastvrouw te begroeten, was ze blij dat ze onder haar lange jurk verborgen kon houden dat ze maar op één voet stond.

Toen ze de ontvangst achter de rug hadden, zeeg ze dankbaar op een stoel aan de rand van de balzaal. Zij en Julia werden onmiddellijk omringd door heren die u smeekten om de eerste dans, een quadrille. Selina bevond zich in een dilemma. Als ze een van de heren weigerde, zou ze de rest van de avond niet kunnen dansen, maar ze had het gevoel dat ze haar voet moest laten rusten voor de volgende dans met Mr Malcolm.

Cassie schoot haar te hulp. 'Miss Dalton heeft mij deze dans al beloofd,' zei hij tegen de andere heren.

'Bedankt, Cassie,' fluisterde ze, terwijl ze voorzichtig met haar voet wiebelde. Ze móést kunnen dansen met Mr Malcolm; ze had er de hele middag naar uitgekeken. Ze dacht dat als ze nu gewoon even rust nam, ze de wals misschien wel redde.

Mr Malcolm kwam op haar af toen de quadrille ophield en haar maag maakte een vreemd sprongetje toen ze hem zag. 'Dit is mijn dans, meen ik,' zei hij.

Selina knikte, voordat ze opstond uit haar stoel en haar hand op zijn arm legde.

'Mag ik zeggen dat u er vanavond mooi uitziet, Miss Dalton,' zei hij terwijl hij haar naar de dansvloer leidde.

'Ja, dat mag,' zei Selina, en ze glimlachte ondeugend naar hem.

Mr Malcolm keek eerst verbaasd, maar toen glimlachte hij terug. 'U ziet er vanavond buitengewoon mooi uit,' zei hij. 'Er is geen mooiere vrouw in de hele zaal.'

'Dank u,' zei Selina blozend. 'Maar ik maakte maar een grapje.'

'Dat weet ik, maar ik niet,' zei hij.

De muziek begon en Malcolm zwierde haar mee op de maten van de dans. De eerste paar minuten vergat Selina haar pijnlijke voet, want ze was in de ban van het gevoel van Mr Malcolms armen om haar heen en zijn gezicht dat op maar enkele centimeters van dat van haar verwijderd was. Maar hoe meer ze dansten, hoe meer haar voet begon te kloppen, totdat ze lichtjes begon te huppelen telkens wanneer de danspassen haar dwongen hem te belasten.

'Is er iets?' vroeg Malcolm haar, zich duidelijk afvragend wat er was gebeurd met de gracieuze vrouw met wie hij nog maar een paar tellen eerder aan het dansen was. Selina besefte dat ze niet als een eend zo kon blijven waggelen, en ze dacht dat ze er misschien minder last van zou hebben als ze Mr Malcolm meer van haar gewicht zou laten dragen. Dus de hand die ze lichtjes op zijn schouder had gelegd, begon hem nu stevig vast te grijpen, en de paar centimeters tussen hun borst verdwenen toen Selina zich als een zeeslak aan hem begon vast te klampen.

Malcolm had het gevoel alsof hij van een heerlijke droom plotseling in een nachtmerrie was beland. Het ene moment genoot hij van een romantische wals met de mooiste dame van de zaal, en het volgende moment zag hij de geschokte blikken van de goegemeente terwijl hij met diezelfde vrouw ronddraaide op een manier die je eerder zou verwachten in een boudoir dan in een balzaal. Er moest iets gebeuren, en snel ook, dus sleep-danste hij Selina door de dichtstbijzijnde deuropening. Ze bevonden zich in een kleine, donkere kamer en daar liet Malcolm Selina onmiddellijk los.

'Ik begrijp het niet helemaal. Is er iets aan de hand?' vroeg hij haar opnieuw.

'Het spijt me zo,' zei Selina, en ze deed een stap in zijn richting. Dit bleek een vergissing te zijn, want ze was naar voren gestapt op haar arme, gemangelde voet, die weigerde haar nog een moment langer van dienst te zijn. Ze begon te vallen en met een geschrokken kreet stak ze haar hand uit en greep Mr Malcolm vast. Opnieuw stond Malcolm daar met Selina tegen zijn borst gedrukt, maar deze keer vroeg hij niet waarom. Er viel een bundel licht uit de gedeeltelijk openstaande deur op Selina terwijl ze daar in zijn armen stond. Ze keek naar hem op, haar ogen fonkelden, haar mond was slechts enkele centimeters van die van hem verwijderd. Ze ademde snel, haar lichaam voelde warm tegen het zijne, haar diep uitgesneden avondjapon toonde haar uitzonderlijke charmes aan zijn geboeide blik. Hij neeg naar haar toe, met de bedoeling de ruimte tussen hun monden te vullen, toen hij haar hoorde zeggen: 'Mijn voet.'

'Wat?' zei hij, en hij trok zich een beetje terug.

Selina keek een beetje versuft. 'Cassie is op mijn voet gaan staan.'

'Cassie is op uw voet gaan staan,' herhaalde hij, en hij kon niet geloven dat hij een dergelijk gesprek moest voeren terwijl hij een mooie vrouw in zijn armen hield.

'Maar ik keek zo uit naar onze wals dat ik dacht dat het wel goed zou komen als ik de quadrille oversloeg.'

'Ik begrijp het,' zei Mr Malcolm, en hij glimlachte.

Daar stonden ze naar elkaar te lachen, Selina nog steeds tegen Malcolms borst gedrukt. 'Hoe voelt uw voet nu aan?' vroeg hij haar, terwijl zijn hoofd weer aan de afdaling naar dat van haar begon.

'Ik voel niets,' zei ze, voordat verder spreken haar onmogelijk werd gemaakt omdat hij zijn mond naar die van haar bracht.

Malcolms lippen raakten net die van Selina toen de deur van de kamer opengegooid werd.

Ze sprongen schuldbewust bij elkaar vandaan, hoewel Malcolm er nog wel om dacht om Selina met zijn arm te ondersteunen. Daar stonden ze allebei met hun ogen te knipperen in het plotselinge licht, en Malcolm herkende Julia voordat de deur even zo plotseling weer dichtviel.

'Waren dat Miss Dalton en Mr Malcolm?' hoorde Malcolm een herenstem vragen.

'Nee, natuurlijk niet. Dat waren Lord en Lady Gaatonsgeenzieraan,' zei Julia.

'Pardon?'

'Het doet er niet toe. Ze wilden duidelijk privacy.'

'Ik dacht dat u zei dat Miss Dalton in die kamer was,' zei de heer, wiens stem Malcolm begon te herkennen als die van Henry Ossory. 'Ze heeft mij de volgende dans beloofd.'

De stemmen begonnen te vervagen toen het paar wegliep en Malcolm probeerde Selina weer in zijn armen te trekken. 'Mijnheer,' protesteerde ze, 'ik denk dat we terug moeten naar de balzaal.'

'Wat heeft die vrouw een abominabele timing,' zei Malcolm tegen Selina.

Selina glimlachte beverig. 'Reuzeberoerd,' beaamde ze.

'Weet u heel zeker dat u terug wilt naar de balzaal?' vroeg Malcolm, aangemoedigd door die glimlach. Hij was zich terdege bewust van zijn eigen verlangens, en die hadden helemaal niets te maken met het terugkeren naar de balzaal.

'Het is wel de verstandigste keuze,' zei Selina.

'Dat is het zeker, Lady Gaatonsgeenzieraan,' zei Malcolm, terwijl hij Selina naar de deur begeleidde. Hij hield haar waarschijnlijk iets steviger vast dan strikt noodzakelijk was, maar Selina klaagde niet. Hij bleef in de deuropening staan en Selina keek naar hem op. Ze leunde tegen hem aan, haar arm onder de zijne, en hij boog zich om met gedempte stem te zeggen: 'Verstandig zijn is soms zo vreselijk vervelend.'

Er vormde zich een zeer ongepaste tinteling in Selina's buik als gevolg van zijn intieme toon, en ze zag zich gedwongen het met hem eens te zijn.

Malcolm bracht Selina naar een stoel en liet haar achter om wat punch te gaan halen. Ondertussen werd ze benaderd door Julia en Mr Ossory.

'Goedenavond, Miss Dalton. U ziet er vanavond werkelijk prachtig uit,' zei Mr Ossory tegen Selina.

'Dank u, Mr Ossory.'

'Ik kom om mijn dans met u op te eisen.'

Voordat Selina kon antwoorden, kwam Julia tussenbeide. 'Ze heeft haar voet bezeerd en danst niet vanavond.'

'Maar ze danste zojuist nog met Mr Malcolm,' protesteerde Mr Ossory.

'Precies. Zo heeft ze die voet ook bezeerd,' loog Julia.

'Dan zal ik deze dans bij haar uitzitten,' zei Mr Ossory tegen Julia, en in zijn vriendelijke glimlach werd iets van spanning zichtbaar.

Julia zag Mr Malcolm naar hen toe komen met een glas punch in zijn hand, wendde zich tot Mr Ossory en zei met luide stem: 'Dank u zeer, Mr Ossory, ik wil graag met u dansen.'

'Wat? Maar ik heb niet...'

'Mijnheer, u hoeft niet aan te dringen. Ik heb u al gezegd dat ik het leuk zou vinden om met u te dansen,' zei Julia terwijl Mr Malcolm Selina haar drankje aanreikte. Julia sleepte een verbijsterde Mr Ossory, nog steeds protesterend, de dansvloer op.

Malcolm keek Selina aan en glimlachte. 'Misschien is haar timing toch niet zo beroerd,' zei hij.

6

De volgende ochtend aan het ontbijt kondigde Julia aan dat ze van plan was een dinertje te geven.

'Ach kindje, ik weet niet of mijn arme zenuwen dat wel kunnen verdragen. Een dinertje, zeg je?' zei Mrs Thistlewaite.

'Het komt wel goed, mama. Selina en ik zullen alles regelen.'

'Wie ben je van plan uit te nodigen?'

'O, ik weet niet,' zei Julia met een snelle blik naar Selina. 'Waarschijnlijk alleen Cassie en zijn vriend Mr Malcolm, en diens vriend Mr Ossory.'

'Een dinertje met alleen alleenstaande heren? Misschien moeten jullie ook wat dames uitnodigen.'

'Maar dan zouden we met een oneven aantal mensen zijn. Wat vind jij, Selina?' vroeg Julia aan haar vriendin, die tijdens het gesprek tussen Julia en haar moeder had gezwegen.

Ze reageerde niet meteen, dus vroeg Julia opnieuw: 'Selina?'

Selina keek Julia aan. 'Neem me niet kwalijk, ik was even in gedachten verzonken. Wat zei je precies?'

'Ik geef een dinertje en ik vroeg me af of je kon helpen om het te regelen,' zei Julia.

'Natuurlijk.'

'Zo te zien bevat de brief die je hebt ontvangen geen prettig nieuws?'

'Het is een brief van mijn moeder. Ze heeft me gevraagd de weduwe van mijn neef, Mrs Covington, te bezoeken nu ik in de stad ben.' Selina trok haar neus op. 'Ik heb haar maar één keer ontmoet en had eigenlijk gehoopt dat het bij die ervaring zou blijven.'

'Waarom? Wat is er mis met haar?'

'Niets, eigenlijk, ik heb alleen zo weinig gemeen met haar. De vorige keer dat ik haar ontmoette, was ik pas vijftien, en ze wilde niet geloven dat ik geen aanbidder had. Ze onderwierp me twintig minuten lang aan een kruisverhoor over het onderwerp voordat ze aanbood een echtgenoot voor me te zoeken. Ik moet er niet aan denken hoe ze zal reageren als ze hoort dat ik op mijn tweeëntwintigste nog steeds niet getrouwd ben. Op die leeftijd was zij al getrouwd, weduwe geworden en opnieuw getrouwd.'

'Ze klinkt vreselijk vulgair. Zal ik met je meegaan?' bood Julia aan.

'Als je zin hebt. Ze woont in Hans Town.'

'Wat een weinig chic adres. Ik geloof niet dat ik ooit op bezoek geweest ben bij iemand in Hans Town. Ik vraag me af wat ik daarvoor zou moeten aantrekken.' Julia keek om om zich ervan te vergewissen dat haar moeder haar niet kon horen en fluisterde toen tegen Selina: 'Wat je ook doet, zeg nooit tegen Mr Malcolm dat je zo'n vulgaire nicht hebt. Cassie vertelde me dat een van zijn eisen is: "Komt uit een nette familie."'

'Praat eens wat luider, lieve kind. Je weet dat mijn gehoor niet meer is wat het was. Waar fluisteren jij en Selina over?' vroeg Mrs Thistlewaite.

Julia wendde zich tot haar moeder en verhief haar stem: 'Niets, mama. We zijn dingen aan het afspreken voor het dinertje.' Ze wendde zich weer tot Selina en dempte opnieuw haar stem. 'En nu we het er toch over hebben, je moet tijdens het diner zingen en pianoforte spelen. Muzikaal talent is een ander punt op de lijst van Mr Malcolm.'

'Het verbaast me dat Mr Malcolm een vrouw wil, terwijl hij net zo goed een circusbeer kan inhuren!' antwoordde Selina en de boosheid in haar stem zwol aan.

'O nee. Een circusbeer tijdens een dinertje, dat kan echt niet. Misschien is het beter als ik het zelf allemaal regel,' zei Mrs Thistlewaite.

Selina en Julia werden door Mrs Covington haar kleine salon in haar appartement in Hans Town binnengeleid. Het leek alsof ze meubels uit een veel grotere woning had meegenomen en haar huidige woning zo vol mogelijk had gepropt. Toen Selina haar nicht uiteindelijk aankeek, kwam het Selina voor alsof Mrs Covington datzelfde ook met haar jurk had geprobeerd. Haar enorme boezem dreigde elk moment los te slaan van zijn ankerplaats.

Mrs Covington was een weduwe van achtendertig die vijftien jaar jonger en minstens vijftien kilo lichter wilde lijken. Ze was gekleed in een jeugdige ochtendjapon in roze en wit, en droeg haar onnatuurlijk lichte haar in krullen om haar gezicht.

'Selina Dalton, wel heb ik nu! Ik heb jou al niet meer gezien sinds mijn lieve Arnie nog leefde,' verklaarde Mrs Covington.

'Hoe maakt u het, Mrs Covington,' zei Selina.

'Mrs Covington? Waarom noem je me Mrs Covington? Wat mij betreft laat je die formaliteiten achterwege, jongedame. Noem me Gertie, zoals je neef altijd deed.'

'Gertie, mag ik je laten kennismaken met...'

'Ja, ik wilde je net vragen wie deze knappe jongedame is. Ik vond al dat je er lang over deed om ons aan elkaar voor te stellen. Vergeef mijn nichtje, Miss...'

‘Thistlewaite,’ zei Julia.

‘Allemachtig, dat is een mondvol. Miss Thistlewaite. Miss Thistlewaite. Dat moet je eens twintig keer achter elkaar zeggen,’ zei Gertie en ze lachte luid.

Julia reageerde met een mild glimlachje.

‘Waar zijn mijn manieren? Kom alstublieft zitten. Ik was zo opgewonden dat ik bezoek had dat ik jullie praktisch bij de deur tegemoet kwam.’

Selina en Julia liepen een meter de kamer binnen, waarbij Julia over een klein voetenbankje struikelde.

‘Schop dat maar aan de kant, Miss Thistlewaite. Ik ben gedwongen te bezuinigen na het overlijden van mijn lieve echtgenoot, drie jaar geleden.’

‘Het spijt me zo te horen dat neef Arnold is overleden,’ zei Selina, die behoedzaam op de rand van een klein bankje plaatsnam, dat tegen een sofa aan geschoven was. Selina vroeg zich af wat het nut was van het neerzetten van een sofa waar niemand op kon zitten.

‘Ja, het was nogal onverwacht. Hij was in de kracht van zijn leven. De dokter zei dat het een attaque was. Maar volgens mij noemen ze alles waarvan ze niet weten wat het is attaque.

Maar genoeg met die deprimerende praatjes. Het verbaast me dat ik je nog steeds “Miss” moet noemen, jongedame. Wat ben je inmiddels, drieëntwintig?’

‘Ik ben tweeëntwintig.’

‘Allemachtig, wat vliegt de tijd. Volgens mij was je vijftien toen ik je voor het laatst zag. Ik wist zo zeker dat zo’n knap meisje op haar zeventiende zou trouwen. Goeie genade, toen ik zo oud was als jij nu bent, had ik mijn eerste echtgenoot al begraven. Hoewel het tussen ons gezegd en gezwegen niet echt een groot verlies was.’ Gertie lachte hartelijk om haar eigen grapje, en Selina zou zweren dat ze een knoop van het lijfje van de japon van haar nicht zag springen.

'Maar Arnie, dat was andere koek,' vervolgde Gertie. 'Mensen zeiden tegen hem dat hij beneden zijn stand getrouwd was, maar dan zei hij altijd dat hij me op zo'n hoog voetstuk had gezet dat hij juist een flink eind beneden mij stond. Dat vond ik altijd heel hoffelijk van hem, en dat zei ik hem ook steeds. Hij zei dat het gewoon de waarheid was.' Gertie pinkte een traan weg en Selina en Julia wisselden een ongemakkelijke blik. Selina wilde nogmaals haar medeleven betuigen, maar Gertie gooide het over een andere boeg.

Hoewel Selina het daaropvolgende halfuur heel weinig zei, slaagde ze er wel in om de groeten van haar ouders over te brengen, en toen maakten zij en Julia zich op om afscheid te nemen.

'Jullie gaan toch zeker niet nu al weg?' vroeg Gertie.

'Maar, Gertie, we zijn al veel langer gebleven dan wat als beleefd beschouwd wordt.'

'O, je weet dat ik niet om zulke dingen geef. Ik heb nog helemaal niets gehoord over je beau.'

'Het spijt me, nicht, ik kan geen beslag meer leggen op de tijd van Miss Thistlewaite. Maar misschien kan ik een andere keer terugkomen,' hoorde Selina zichzelf tot haar eigen verbazing zeggen. Ze begon medelijden te krijgen met Gertie, die duidelijk erg eenzaam was en graag bezoek kreeg.

'Dat zou geweldig zijn. Maar ik kan natuurlijk ook bij jou langskomen. Waar zei je dat je logeerde?'

Selina had met opzet niet gezegd waar ze logeerde, maar nu ze zo in het nauw gedreven was, werd ze gedwongen het adres van de Thistlewaites op te geven.

Toen ze eenmaal afscheid hadden genomen en veilig en

wel in het rijtuig zaten, wendde Julia zich tot haar vriendin en zei: 'Je wilt haar toch niet écht nog een keer bezoeken?'

'Ja, toch wel. Ze leek zo vreselijk eenzaam, vind je ook niet?'

'Ze viel praktisch om onze nek van vreugde. Ze krijgt vast niet veel bezoek.' Even zaten Julia en Selina er zwijgend bij. 'Ze moet op zoek naar iemand om mee te trouwen. Ze smacht duidelijk naar een volgende echtgenoot.'

'Hoe kom je daar toch bij?' vroeg Selina met overduidelijke ironie. Gertie had bijna alle dertig minuten van hun bezoek besteed aan het bespreken van mannen en het huwelijk.

Julia negeerde Selina's opmerking en deelde haar eigen gedachten. 'Ik ben alleen bang dat ik niemand ken die bij haar past. Ze is zo ontstellend vulgair,' besloot ze.

'Maar ze is best aardig,' zei Selina.

'Ja, ik mocht haar wel. Al kan ik ook weer niet zeggen dat ik haar graag nog een keer wil bezoeken. Ik was al die tijd bang dat ik gewond zou raken door een of ander gevaarlijk geplaatst meubelstuk.'

Selina schoot in de lach. 'Zelf had ik al die tijd het gevoel dat ik stikte.'

Het lachen verging Selina toen ze uiteindelijk het doel van Julia's dinertje vernam. Het bleek dat Cassie Julia had laten weten dat een van de punten op de lijst van Mr Malcolm was: 'Beschikt over muzikaal of artistiek talent.' Het dinertje zou Selina de kans bieden om haar talenten in dat opzicht te tonen.

Selina had schoon genoeg van de lijst van Malcolm. Als dat vermaledijde ding er niet was geweest, had ze hun wederzijdse aantrekkingskracht zijn natuurlijke beloop kunnen laten gaan. En voor een dame en een heer was de natuurlijke gang van zaken: hofmakerij, gevolgd door een huwelijk. Zonder Julia's bemoeienissen zou ze ongeremd kunnen genieten van Mr Malcolms aandacht zonder voortdurend het gevoel te hebben dat ze deelnam aan een verachtelijk plan.

Selina haatte dat gevoel. Ze was van nature heel open en eerlijk en had een hekel aan alles wat naar bedrog rook. Ze had vooral een hekel aan de poppenkast waar Julia haar bij had betrokken, en nam zich voor er niet meer aan mee te werken. Ze vroeg zich af wat er zou gebeuren als ze niet zou voldoen aan een van de eisen op de lijst van Mr Malcolm. Dat zou beslist een einde maken aan het dwaze spel. Dinsdagavond was Julia's dinertje en Selina was vastbesloten om dat dan uit te vinden.

Het was een klein gezelschap, van zes mensen: de dames Thistlewaite, Selina, Lord Cassidy, Mr Malcolm en Mr Ossory. Cassie zou Mrs Thistlewaite naar tafel escorteren, Mr Malcolm nam Selina voor zijn rekening en Julia volgde met Mr Ossory. Selina begon te vermoeden dat Julia tedere gevoelens begon te koesteren voor Mr Ossory. Het feit dat hij op de gastenlijst stond leek hiervan het bewijs, aangezien Julia Mr Ossory beschouwde als een bedreiging voor haar plan om Mr Malcolm te vernederen en hem desondanks had uitgenodigd. Helaas leek Mr Ossory Julia juist hinderlijk te vinden en leek hij nog steeds van plan Selina het hof te maken. Hij slaagde er echter wel in om beleefd met Julia te converseren tijdens de vele gangen, waarbij hij slechts af en toe een blik wierp op Selina, die tegenover hem zat.

Selina was een beetje verlegen in het gezelschap van Mr Malcolm, aangezien dit de eerste keer was dat ze hem ontmoette sinds de avond van die dramatisch verlopen wals en hun onderbroken kus. Ze probeerde met Cassie te praten, die rechts van haar zat, maar die was veel te geïnteresseerd in zijn maaltijd, zodat ze voor een gesprek toch aangewezen was op Malcolm. Helaas betrof zijn eerste vraag de toestand van haar pijnlijke voet.

'Het gaat prima, dank u,' zei ze intens blozend.

'Wat jammer,' zei Malcolm met een boosaardig lachje.

'Dus u vond me wel gracieus zoals ik rondwaggelde als een eend?'

'Nee, in het geheel niet. Ik vond het veel prettiger toen u stopte met waggelen en op uw nest ging zitten, om in de sfeer van uw vogelanalogie te blijven.'

'Misschien moeten we dit gesprek maar helemaal niet voortzetten,' zei Selina, terwijl ze Mr Malcolm een waarschuwende blik toewierp.

'Wel zonde, nu u net zo heerlijk bloost, maar als u erop staat. Het zou onfatsoenlijk van mij zijn om door te gaan.'

'Dank u,' zei Selina, die haar uiterste best deed om haar blos te bedwingen.

Er viel een korte stilte terwijl Malcolm zich op zijn maaltijd concentreerde en Selina haar best deed om haar kalmte te bewaren. Toen vroeg Malcolm: 'Nu u me hebt opgedragen van onderwerp te veranderen, zeg eens, wat is uw mening over de wet op de kerkgebouwen?'

'Wat een gewichtige vraag, zo bij de soep. Volgens mij getuigt het van slechte smaak om over politiek te praten nog voor het voorgerecht geserveerd is.'

'U hebt waarschijnlijk gelijk. Ik zou echter toch heel graag uw mening vernemen.'

Selina keek op naar Mr Malcolm, die ineens heel ernstig keek. Volgens mij stelt hij me op de proef, dacht ze verbaasd. Ze voelde zich wat gespannen onder zijn kritische blik en kon niets bedenken om te zeggen. Wat als ze het verkeerde zei? Wat wilde hij eigenlijk van haar horen?

Maar toen werd ze overvallen door een woede die haar veel energie gaf, en die vlaag werd weer gevolgd door een prettig soort kalmte. Hoe durfde hij haar zo aan de tand te voelen? Het kon haar niet schelen wat hij dacht.

'Welnu, als dochter van een predikant hecht ik er uiteraard aan dat er voor iedereen gebedshuizen zijn. Toch moet ik zeggen dat het miljoen pond dat voor dit doel opzij wordt gezet exorbitant is. Ik geloof dat onze regering met deze maatregel van plan is de radicalen te onderdrukken en de anarchie op afstand te houden, terwijl ze een deel van die fondsen ook zou kunnen gebruiken om het lot van de armen te verbeteren. Daarmee zouden ze hetzelfde doel bereiken, maar op een manier die oprecht christelijk is. Ik veronderstel niet dat Jezus Christus, die "geen plaats had om zijn hoofd te ruste te leggen" en die regelmatig de armen te eten gaf, blij zou zijn met een of ander ingewikkeld bouwwerk dat in zijn naam gebouwd wordt, terwijl er binnen die gemeente mensen zijn die nauwelijks genoeg te eten hebben.'

Selina sprak met steeds meer vuur, maar zweeg verlegen toen ze besefte dat ze steeds harder was gaan praten. Ze keek naar Malcolm. 'Mijn excuses voor de preek, maar u vroeg zelf naar mijn mening.'

'En ik had beter moeten weten dan het aan de dochter van een predikant te vragen. Ik weet zeker dat uw vader zelf geen preek met meer zeggingskracht zou kunnen houden,' zei hij glimlachend.

'Wat is uw mening?'

'Ik ben het volkomen met u eens,' zei Malcolm. 'Al denk ik niet dat ik het zo goed onder woorden had kunnen brengen.'

Selina, die de goedkeuring in zijn blik voelde, besefte dat ze geslaagd was voor deze test. Dat stemde haar heel even tevreden, totdat ze zich herinnerde dat ze zich aan het begin van de avond juist had voorgenomen om níét aan zijn eisen te voldoen.

Hier herinnerde ze zichzelf nogmaals aan toen de heren zich na hun sigaren en cognac weer bij de dames voegden en Julia aankondigde dat er muziek moest klinken.

'Selina, zou je ons willen vereren met een lied?' vroeg Julia.

'Het spijt me, Julia, maar ik beschik niet over enig muzikaal talent. Het zou een straf zijn om jullie te dwingen naar mij te luisteren.'

Er klonken nogal uiteenlopende reacties op de kalme uitspraak van Selina. Cassie keek tevreden, want hij vond het inderdaad altijd een straf om te moeten luisteren naar een dame die op de piano speelde, of ze nu bekwaam was of niet. Mr Ossory keek vriendelijk als altijd; hij moest zelfs een beetje glimlachen om Selina's bekentenis.

Mr Malcolm leek wat ontevreden, vond Selina, misschien zelfs verbaasd. Julia keek natuurlijk boos, maar slaagde er toch in om te ginnegappen.

'O, Selina, wat ben je toch een grappenmaker. Natuurlijk heb je muzikaal talent. Ik hoorde je gisteren nog spelen. Ze is behoorlijk goed,' verzekerde ze Mr Malcolm.

Selina overwoog om verder in discussie te gaan, maar Julia leek onvermurwbaar in haar vastberadenheid om Selina te laten optreden en Selina vond niet dat ze er een scène van moest maken. Er zat niets anders op dan op te treden voor het gezelschap. Maar, hield ze zich voor toen ze plaatsnam aan de pianoforte, dat betekent niet dat ik ook echt goed moet spelen.

Ze begon aan een sonate van Beethoven, vastbesloten om de meeste noten te missen, maar ze merkte dat dat nog gemakkelijker gezegd dan gedaan was. Haar vingers vlogen automatisch over de toetsen en speelden de noten die ze uit haar hoofd had geleerd en die haar tweede natuur waren geworden, en ze was al halverwege voor ze besefte dat het te laat was om mensen ervan te overtuigen dat ze niet kon spelen.

Toen ze klaar was, keek ze schaapachtig naar haar publiek. Cassie, die haar op haar woord had geloofd toen ze zei dat ze geen muzikaal talent had, probeerde haar te troosten. 'Dat was heus niet zo slecht,' zei hij met een bemoedigende glimlach.

'Mijn beste kerel, het was zelfs helemaal niet slecht. Het was subliem,' zei Malcolm. 'Maar, Mrs Dalton, ik begrijp het niet. Waarom probeerde u ons ervan te overtuigen dat u geen talent hebt? Hebt u dan zo'n afkeer van optreden voor anderen?'

'Nee, dat is het niet,' zei Selina, die zich afvroeg hoe ze haar bizarre gedrag nu moest verklaren. 'Ik dacht gewoon dat als ik beweerde talent te hebben, ik zeker zou teleurstellen, maar als ik het tegendeel beweerde, kan mijn optreden er vanzelf mee door.'

'Het kon er alleszins mee door,' zei Mr Ossory tegen haar. 'Laat ons nog eens iets horen.'

'Nee nee. Het is Julia's beurt,' zei Selina, zich tot haar vriendin wendend. 'Misschien wil je voor ons zingen? Julia heeft een prachtige zangstem,' zei Selina tegen de anderen. Julia protesteerde bescheiden, maar het was duidelijk dat ze niet echt afkerig was van het idee. Dit was haar kans om te schitteren voor Mr Ossory. Ze was een getalenteerde zangeres en Selina vond dat ze er ook prachtig uitzag terwijl ze voor hen zong, zichzelf begeleidend op de pianoforte.

Selina's gedachten waren zo vol van Mr Malcolm geweest dat ze nauwelijks had stilgestaan bij haar gesprek met Mr Ossory. Ze vroeg zich af of ze hem eigenlijk had moeten aanmoedigen. Hij was duidelijk een achtenswaardige jonge heer, en Selina vermoedde dat haar leven met hem heel comfortabel zou zijn. Ze zette de overpeinzing van zich af en keek naar Mr Malcolm, die haar aanstaarde, en haar hart begon duidelijk sneller te kloppen, wat geenszins het geval was geweest toen ze Mr Ossory had gadegeslagen. En ineens leek het idee van een 'comfortabel leven' erg onbevredigend.

7

De dag na het dinertje zaten Julia, Selina en Cassie in de salon van de Thistlewaites te praten over hun succesvolle avondje. Selina had het wonderlijke gevoel dat ze dit moment eerder had meegemaakt, en ze werd herinnerd aan hun eerste ontmoeting drie weken eerder bij haar aankomst in de stad. Het leek lang geleden dat ze in deze kamer zaten te praten over hun plan om de aandacht van Mr Malcolm te vangen.

Inmiddels had Selina het gevoel dat het haar eigen hart was dat op het spel stond.

Julia was echter buitengewoon optimistisch over hun vorderingen, en zelfs Cassie, die zijn nichtje maar al te graag had willen tegenspreken, was van mening dat zijn vriend helemaal weg was van Selina. Cassie vertelde de dames dat Malcolm na het etentje heel lovend over Selina had gesproken.

'Hij zei dat hij haar in hoge mate bewonderde. Hij was al onder de indruk van haar snedigheid en gevoel voor humor, maar was bang dat ze niet serieus genoeg was, wat op een weinig solide karakter kon duiden. Maar hij zei na gisteravond dat die angst was weggenomen.'

'"Niet serieus genoeg. Een weinig solide karakter." Hij heeft wel snel zijn oordeel klaar, zeg,' zei Selina geïrriteerd. 'Had hij soms gewild dat ik tijdens een bal een politiek debat was begonnen?'

'Zie je nou wel, Selina, het is precies wat ik je zei. Je kunt het nooit goed doen bij die man. Als je geen grapje had gemaakt, had hij het je kwalijk genomen dat je geen gevoel voor humor had,' zei Julia.

Cassie besefte dat hij er alweer in was geslaagd het verkeerde te zeggen. 'Ik heb hem waarschijnlijk verkeerd geciteerd. Hij gebruikt ook soms van die lange woorden... Hij was erg complimenteus. Hij zei dat Selina aan bijna alle eisen op zijn lijst had voldaan, maar er waren er nog een paar waar hij haar op moest testen.'

'Dus dat staat me nog te wachten? Dat Mr Malcolm me op de proef stelt?' vroeg Selina.

Voordat Cassie kon antwoorden, werden ze onderbroken door Reeves die bezoek aankondigde.

'Mrs Covington,' zei Reeves.

'Goedemorgen, goedemorgen,' zei Gertie terwijl ze de kamer binnenstormde. Ze zag er stralend uit in een perzikkleurige japon die onfatsoenlijk laag uitgesneden was voor de middag, en haar blonde haar was bedekt met een enorm hoofddeksel vol bloemen.

'Nicht Gertie. Wat leuk je weer te zien,' zei Selina, terwijl ze Julia aankeek om te zien wat ze moest doen.

'Gaat u alstublieft zitten, Mrs Covington,' zei Julia.

'Ik dacht dat we het erover eens waren dat ik Gertie zou zijn en jij Julia. Want die achternaam van je kan ik nauwelijks zeggen zonder erbij te spugen, hoewel ik veronderstel dat ik dat eigenlijk niet zou moeten toegeven.'

Het leek Selina inderdaad beter als ze dat niet had gedaan, maar voordat ze de kans had gekregen om überhaupt haar mening te geven, vestigde Cassie de aandacht op zichzelf door te gaan hoesten, en Julia stelde hem voor aan Gertie.

Gertie was dertig seconden lang stomverbaasd toen ze

ontdekte dat ze in de aanwezigheid van een heer was, en in de ongebruikelijke stilte die viel kondigde Reeves nog een bezoeker aan.

'De hooggeboren Mr Malcolm,' zei hij.

'Goeie hemel! Een hooggeborene én een lord,' riep Gertie uit, en Selina voelde zich plaatsvervangend beschaamd.

Julia deed opnieuw de introducties. Mr Malcolm zei dat hij vereerd was om kennis te maken met Mrs Covington.

'O nee, mijnheer, het is míj een eer. Ik ben nog nooit in dezelfde kamer geweest met een lord en een hooggeborene. Hoewel ik niet precies weet wat het betekent, hooggeboren zijn. Dat is toch bijna de hoogste titel, op een lord na?'

'Ik ben de jongste zoon van een graaf,' zei Malcolm wat uit het veld geslagen.

'Ach, dat is ontzettend jammer. Want u ziet er wel uit als een lord, veel meer dan deze jongeman hier,' zei Gertie naar Cassie gebarend. 'Ik wil u niet beledigen, mijnheer, want u lijkt me heel vriendelijk, maar Mr Malcolm ziet er toch een stuk waardiger uit.'

'Het geeft niet. Ik weet wel dat ik niet zo'n waardig type ben,' zei Cassie.

Julia vond dat het tijd werd dat iemand de situatie zou redden. 'Cassie, Mrs Covington zou het waarschijnlijk enig vinden om uit rijden te gaan. Ik geloof niet dat ze veel buitenshuis komt en zo'n uitstapje stelt ze vast op prijs, nietwaar, Mrs Covington?'

'Dat zou ontzettend leuk zijn, maar de lord heeft misschien andere plannen voor vanmiddag.'

Cassie begon al te knikken, maar zag toen de dwingende blik van Julia. 'Nee, helemaal niet. Ik neem u graag mee voor een ritje.'

'Nou, reuzebedankt. Ik ben blij dat ik me vandaag zo verstandig heb gekleed. Ik was eigenlijk van plan een andere jurk aan te trekken, maar ik vond toch dat die er net iets te weinig volwassen uitzag. Er is niets zo erg als een vrouw van midden twintig die zich kleedt als een debutante.'

Niemand wist wat te zeggen na zo'n overduidelijke leugen, dus verbrak Cassie uiteindelijk de stilte door voor te stellen om weg te gaan.

'Zeker, zeker. Als ik iets heb geleerd van mijn twee tripjes naar het altaar, is het dat heren er niet van houden om te moeten wachten. Julia, Selina, ik kom binnenkort wel weer eens langs.'

'We kijken ernaar uit,' zei Selina, en Cassie en Gertie verlieten de kamer.

'Hoe kent u Mrs Covington?' vroeg Malcolm aan de dames toen Gertie weg was.

'Ze is...' begon Selina.

'Mijn nicht,' viel Julia haar in de rede.

Selina keek Julia verbaasd aan en vroeg zich af waarom zij Gertie als familielid zou claimen terwijl Selina zelf al aarzelde of ze dat zou doen.

'Dat wil zeggen: een aangetrouwde nicht,' verduidelijkte Julia.

'Aha. En moet ik uit haar aanwezigheid hier opmaken dat u hebt besloten haar binnen de society te introduceren?' vroeg Mr Malcolm.

'O nee. Nee, natuurlijk niet. Ik realiseerde me alleen dat ze eenzaam was sinds de dood van neef...'

'Arnold,' fluisterde Selina.

'Arnold,' vervolgde Julia. 'Dus ben ik bij haar op bezoek gegaan en heb haar uitgenodigd om ook hier eens op bezoek te komen. Ik wilde niet dat ze alleen thuis zat.'

Er daalde een gespannen stilte neer over de aanwezigen in de salon. Malcolm was gekomen om Selina uit te nodigen om met hem mee te rijden, maar voelde zich daar ongemakkelijk bij in het licht van Julia's opmerking dat ze niet wilde dat Mrs Covington alleen thuis zat. Selina was nog steeds geïrriteerd door de dingen die Malcolm tegen Cassie had opgemerkt, en ondertussen vroeg Julia zich af hoe ze het zo kon manoeuvreren dat Malcolm en Selina alleen konden zijn.

Mrs Thistlewaite kwam op dat moment de salon binnen, een beetje verbaasd dat ze ineens in het middelpunt van de belangstelling stond.

'O, neem me niet kwalijk,' zei ze, alsof ze andermans salon binnengelopen was en niet die van haarzelf. 'Ik wilde niet storen.'

'Het is geen enkel punt, Mrs Thistlewaite. Ik stond op het punt om afscheid te nemen,' zei Malcolm, voordat hij zich tot Selina wendde. 'Ik vraag me af, Mrs Dalton, of u met mij mee uit rijden wilt?'

'O. Dat zou heerlijk zijn,' zei Selina niet erg enthousiast.

Mr Malcolm keek Selina onderzoekend aan voordat hij zei: 'Het hoeft niet, als u liever niet wilt.'

'Natuurlijk wil ik dat wel. Laat me alleen even mijn hoed pakken,' zei ze, terwijl ze opstond en de kamer verliet. Julia verontschuldigde zich en volgde Selina naar haar kamer.

'Selina,' zei Julia toen ze in Selina's kamer waren. 'Zeg Malcolm niet dat Gertie je nicht is. Een van de punten op zijn lijst is: "Komt uit een nette familie."'

'Dus daarom beweerde je dat ze jouw nicht was. Ik moet toegeven dat ik dat een tikje vreemd vond.'

'Ja, nou ja, dat leek me wel zo verstandig. Zeg nou niet tegen Mr Malcolm dat het niet waar is.'

'Komt goed, Julia,' zei Selina, terwijl ze haar hoedje opzette. 'Ik beloof dat ik alles zal zijn wat hij verlangt in een vrouw: snedig, humoristisch, serieus, nuchter, netjes, muzikaal... en dat allemaal tegelijk.'

'Geweldig,' zei Julia.

Selina kreunde geërgerd en Julia keek haar verbaasd aan. 'Selina, is er iets?'

'Nee, natuurlijk niet, wat zou er kunnen zijn? Ik bereid me alleen maar voor op mijn rol.'

Het drong eindelijk tot Julia door dat Selina dat niet bepaald oprecht meende. 'Ik weet dat dit geen pretje voor je is, Selina, maar volgens mij hoeft het niet lang meer te duren.'

'Ja, dat weet ik. Ik weet alleen niet of dat mijn diepste hoop is of mijn grootste angst,' zei Selina met een zucht en ze liep de kamer uit nadat ze zichzelf nog een laatste keer in de spiegel had bekeken.

Mr Malcolm en zij brachten de eerste minuten van de rit zwijgend door, tot Mr Malcolm ten slotte zei: 'U bent erg stil vanmiddag.'

'Neem me niet kwalijk,' zei Selina. 'Het is vanmiddag echt heerlijk weer, vindt u ook niet?' zei ze, terwijl ze haar best deed om een vrolijker indruk te maken.

Malcolm keek omhoog naar de lucht, waar onheilspellend donkere wolken zich samenpakten. 'Voelt u zich alstublieft niet verplicht om te converseren. Ik geef de voorkeur aan stilte boven mensen die eindeloos uitwijden zonder iets te zeggen, zoals die Mrs Covington. Wat een type, vindt u ook niet? Ik ben blij dat Miss Thistlewaite niet degene is die ik het hof maak.'

'Pardon? Wat bedoelt u daarmee?'

Malcolm keek een beetje verbaasd door de felle toon van Selina. 'Niets, eigenlijk. Ik bedoel, het lijkt me duidelijk dat ik zou willen dat de familie van mijn toekomstige echtgenote een beetje fatsoenlijk is.'

'En als ze dat niet is?' vroeg Selina.

'Tjonge, wat kijkt u fel. Ik begrijp niet waarom u zo van streek bent; het is per slot van rekening een hypothetisch geval. Ik maak Julia Thistlewaite niet het hof, ik maak...' Hij zweeg even en leek wat verlegen. 'Nou, het is geloof ik vrij duidelijk wie ik het hof maak, nietwaar?'

'Maar als u Julia het hof wilde maken en u zou Mrs Covington ontmoeten, zou dat dan uw mening over Julia beinvloeden?'

'Uiteraard. Ik bedoel, het is iets waar men rekening mee dient te houden als men overweegt met iemand te trouwen.' Malcolm keek naar Selina, die fronste. 'Waarom kijkt u toch zo grimmig? U gaat me toch niet vertellen dat u familie hebt die even vulgair is als Mrs Covington?'

Selina glimlachte geforceerd. 'Nee, dat ga ik u inderdaad niet vertellen.'

Niet nu Julia het me heeft verboden, dacht Selina.

'Dat doet me deugd.'

Ze waren bij het park aangekomen en Mr Malcolm knikte naar iemand in een passerend rijtuig, maar hield niet in. Hij keek naar Selina en vroeg zich af of hij haar naar huis moest brengen. Het was duidelijk dat ze ontstemd was. Misschien vond ze zijn houding jegens Mrs Covington arrogant. Maar zelfs voordat die ter sprake was gekomen leek ze al niet in haar hum. Ineens bedacht hij zich dat zij hem misschien niet mocht. Dat was iets heel nieuws voor hem, hij was gewend dat de dames voor hem in katzwijm vielen.

En nu pas realiseerde hij zich dat ze dan misschien aan alle eisen op zijn lijst zou kunnen voldoen, maar dat zij zijn aanzoek weleens zou kunnen afwijzen.

Ze zag er die middag uitzonderlijk bevallig uit in haar roodbruine rijjapon, die precies bij haar haar kleurde. Haar schoonheid raakte hem elke keer dat hij haar zag, al was ze niet de mooiste vrouw die hij ooit had gekend. Het was meer dan alleen haar uiterlijk dat hij zo aantrekkelijk vond, hoewel hij moest toegeven dat hij dat wel érg aantrekkelijk vond. Hij werd ook aangetrokken door haar karakter: haar levendigheid, haar humor, haar intelligentie, haar vriendelijkheid. Ze was alles wat hij verlangde in een vrouw. Hij vroeg zich ineens af wat het was dat zij zelf verlangde in een man.

'Waarom bent u naar Londen gekomen, Miss Dalton?' vroeg hij haar.

Deze plotselinge vraag leek haar wat te overrompelen, en er viel een korte stilte terwijl ze erover nadacht. 'Omdat ik eenzaam was,' zei ze ten slotte.

'Dat is interessant,' zei Mr Malcolm, en Selina keek hem aan. 'Ik was ook eenzaam voordat u naar Londen kwam.'

Selina glimlachte en Malcolm had het gevoel dat de zon eindelijk opkwam, hoewel het nog steeds even bewolkt was als net.

'Ik geef een logeerpartij op mijn landgoed in Kent, en ik zou het fijn vinden als u kunt komen,' zei hij.

'Ik voel me vereerd met de uitnodiging, maar ik ben te gast bij de Thistlewaites...'

'O, die zal ik ook uitnodigen. En Cassie natuurlijk.'

'En Mr Ossory?'

'Als u dat op prijs stelt,' zei Malcolm, wel wat teleurgesteld dat ze zo snel aan hem dacht. 'Mijn moeder zal als gastvrouw optreden. Ik dacht dat je ouders misschien ook wel zouden willen komen.'

'Dank u. Ik zal ze schrijven om het hun te vragen,' zei Selina.

'Als u mij hun adres geeft, dan stuur ik hun graag een uitnodiging.'

Selina verstrekte de informatie, hoewel ze ambivalente gevoelens had over de logeerpartij. Haar ouders zouden zeker denken dat ze op het punt stond in het huwelijk te treden als ze een uitnodiging zouden ontvangen voor de logeerpartij van een man die ze nog nooit hadden ontmoet. Het ging ineens allemaal wel erg hard en Selina was bang dat de climax al even spoedig zou komen. En hoewel ze betrokken was bij dit domme plan van Julia, was ze er zeker van dat er geen gelukkig eind zou volgen.

De rest van de rit verliep gemoedelijker dan het begin, en Selina begon haar eerdere ergernis over Mr Malcolm te vergeten; haar eerdere gevoelens voor hem keerden terug. Ze genoot oprecht van zijn gezelschap. En toen hij haar bij haar middel vastpakte om haar uit het rijtuig te helpen, besefte ze opnieuw de intensiteit van zijn fysieke aantrekkingskracht op haar. In zijn buurt voelde ze een nerveuze opwinding die ze in haar tweeëntwintig jaar nooit eerder had gekend.

Maar toen gebeurde er iets waardoor Selina's eerdere ambivalentie terugkeerde. Toen Malcolm haar uiteindelijk losliet en ze zich omdraaide om naar het huis te lopen, merkte ze dat haar jurk op de een of andere manier onder zijn voet terechtgekomen was. Er klonk een luid scheurend geluid en Selina keek geschokt naar de gescheurde ruche aan de onderkant van haar jurk.

Malcolm bood onmiddellijk zijn excuses aan, en toen Selina naar hem opkeek om hem te verzekeren dat alles in orde was, vroeg ze zich ineens af of hij het hele incident soms zo had gepland. Hij keek niet verbaasd of spijtig, maar keek haar eerder vragend aan, alsof hij haar reactie beoordeelde.

Is dit weer een van zijn domme tests? vroeg Selina zich af terwijl ze doorliep naar het huis, terwijl ze hem nogmaals verzekerde dat het geen probleem was.

'Het spijt me dat ik zo onhandig ben, maar het lucht me

op te zien dat u het me zo snel hebt vergeven,' zei Mr Malcolm tegen haar.

'O, ik ben niet iemand die snel een wrok koestert, en al helemaal niet over zo'n onbeduidende kwestie als een gescheurde ruche,' zei Selina, en toen Malcolm stralend begon te lachen, realiseerde ze zich dat ze opnieuw aan een van de eisen op die vervloekte lijst van hem voldeed.

8

Mr Malcolm vergezelde Selina naar de salon en nodigde Julia en Mrs Thistlewaite uit voor de logeerpartij voordat ze afscheid namen. Julia was verheugd te horen over de partij, vooral toen ze erachter kwam dat Mr Ossory ook uitgenodigd zou worden.

'Je zult behoorlijk onder de indruk zijn van Hadley Hall, Selina,' zei Julia. 'Het werd honderd jaar geleden gebouwd in de palladiaanse stijl en heeft een immense hal die wordt beschouwd als een van de mooiste klassieke zalen van heel Engeland.'

'Dat klinkt inderdaad behoorlijk indrukwekkend. Ben je er al eens geweest?'

'Nee. Ik heb er alleen over gelezen. Maar ik heb het altijd al zo graag eens willen zien. En nu krijg ik daar dan eindelijk de gelegenheid toe.'

Julia leek geen last te hebben van schuldgevoelens over het gebruikmaken van de gastvrijheid van een man op wie ze van plan was zich te wreken. Selina bedacht dat het vast heel gemakkelijk moest zijn als je geweten je geen parten speelde. Zelf was ze zeer bezorgd over het bezoek. Maar ze kon niet ontkennen dat ze ook een zekere nieuwsgierigheid voelde. Ze zou de moeder van Mr Malcolm ontmoeten en ze zou zijn landgoed zien. In zo'n setting zouden ze meer tijd samen doorbrengen dan in Londen mogelijk was geweest. Ze zou eindelijk kunnen ontdekken of Malcolm de arrogante schurk was die hij volgens Julia's stellige bewering was – en waar hij zo nu en dan ook wel blijk van gaf – of dat hij de man van haar dromen was, wat zij vaak dacht.

Selina vroeg zich af of haar gevoelens voor Mr Malcolm anders waren geweest als ze niets van de lijst had geweten. Ze moest bij zichzelf toegeven dat dat inderdaad het geval zou zijn. Als iemand niet wist dat hij als een paar schoenen langs een meetlat werd gehouden, dan had hij daar verder ook geen last van. Selina beoordeelde hem tenslotte toch ook op een aantal criteria, al deed ze dat niet zo openlijk. Ook zij had eisen waar haar toekomstige echtgenoot aan zou moeten voldoen. Dat was niet arrogant; het was juist praktisch.

En tot dusverre had Mr Malcolm al Selina's eisen op één na overtroffen: ze wilde graag dat haar echtgenoot bescheiden was.

Julia vertelde Selina over nog een laatste bal dat ze wilde bijwonen voor ze de stad verlieten. 'Normaal gesproken zou ik niet gaan, aangezien het wordt gegeven door Lady Cynthia Sommers, van wie iedereen weet dat ze zo langzamerhand wanhopig aan het worden is in haar zoektocht naar een echtgenoot, maar ik vroeg Mr Malcolm of hij er zou zijn en hij beaamde dat, dus we moeten ook gaan.'

'En Mr Ossory, is die er ook?' vroeg Selina.

'Ik meen dat hij zei dat hij ook kwam. Wat een last is die man geworden. Ik zal hem nog maar eens moeten afleiden, anders gaat hij je weer helemaal in beslag nemen.'

'Ik waardeer alle moeite die je voor mij doet,' zei Selina. Julia, die het sarcasme in Selina's toon niet hoorde of weigerde te erkennen, antwoordde dat het geen enkele moeite was.

Selina vond het niet teleurstellend dat ze nog een laatste

bal moest bijwonen. Ze genoot erg van dansen, en bij de bals die ze sinds haar komst naar de stad had bijgewoond, verbleekten de kleine partijtjes in haar geboortedorp. De feestzalen in Bath waren zeer fraai, maar Mrs Ossory had niet de gewoonte ze te bezoeken, dus Selina was er maar één keer geweest. Julia vertelde Selina dat er tijdens het seizoen elke avond meerdere bals waren in Londen, en dat het de gewoonte was om er op één avond twee of drie te bezoeken, dus, vond Julia, was het momenteel maar een schamele bedoening in vergelijking daarmee. Selina was echter niet gewend aan zo'n uitbundige levensstijl en was blij dat ze niet op het hoogtepunt van het seizoen was aangekomen. Ze kon opgewonden naar elk bal uitkijken, in plaats van verveeld.

En op het bal van vanavond verheugde ze zich zonder meer. Maar ze moest toegeven dat ze er een stuk minder naar zou uitkijken als Mr Malcolm niet van de partij zou zijn.

Hun gezelschap werd begroet door Lady Cynthia en haar ouders, en Selina vroeg zich af waarom het zo lastig was voor de dame in kwestie om een man te vinden terwijl ze zo mooi was. Maar Lady Cynthia's schoonheid werd tot op zekere hoogte ontsierd door haar hooghartige blik, en Selina dacht dat het misschien haar karakter was dat haar kansen verpestte. De enige persoon in hun gezelschap naar wie Lady Cynthia glimlachte was Cassie, die bloosde en zijn hoofd boog. Selina besefte dat Julia de waarheid had gesproken: een vrouw moest wel echt wanhopig zijn om zo verleidelijk naar Cassie te glimlachen.

Selina had de balzaal nog maar net betreden of ze werd al benaderd door Mr Malcolm. Hij had op haar gewacht, besefte ze, en ze was in haar nopjes met dit bewijs van zijn interesse. Ze had steeds meer het gevoel dat ze het zorgvuldig geplaatste schild om haar hart kon laten zakken en het hem kon schenken. Het had er alle schijn van dat hij haar echt mocht. Vooral als hij naar haar keek zoals hij dat nu deed.

'Goedenavond, Miss Dalton,' zei hij, terwijl hij zich diep over haar hand boog.

'Mr Malcolm,' antwoordde ze met een kniebuiging.

'Mag ik deze dans?'

'Heel graag.'

Selina was alleen minder blij toen ze besefte dat er een quadrille werd gevormd; ze had gehoopt op een wals. Toch genoot ze van het dansen, vooral met Mr Malcolm, en ze begroette Julia en Cassie met een glimlach toen ze zich bij hun gezelschap voegden. Er kwam nog een ander stel bij hen dat Selina niet kende, en toen kwam ook Lady Cynthia met een nogal onverzorgde heer van middelbare leeftijd aanzetten. Selina was ontzet dat ze nu gedwongen zou zijn om zijn hand vast te pakken.

Maar toen de muziek begon, vergat ze Lady Cynthia en haar partner helemaal. Deze quadrille was anders dan alle andere die ze ooit had gedanst. Malcolm volgde de passen van de dans perfect, maar het was duidelijk dat zijn aandacht vooral naar Selina uitging. Het leek opeens een ingewikkeld kat-en-muisspel, waarbij ze ineens bij Mr Malcolm werd weggevoerd om weer naar hem teruggebracht te worden, de greep van zijn hand warm en stevig, en zijn blik liet die van haar alleen los als de passen van de dans hen van elkaar scheidden. Selina merkte dat ze lachte van pure vreugde. Het steeds bozere gezicht van Lady Cynthia ontging haar volledig.

Toen de dans voorbij was, leidde Mr Malcolm haar van de dansvloer. Hij zei heel weinig en wandelde alleen maar met haar de balzaal rond. Toen bracht hij haar naar een stoel die half verborgen was achter een pilaar. 'Wacht hier alstublieft,' zei hij. 'Ik ga iets te drinken voor u halen. Ik zou u waarschijnlijk moeten terugbrengen naar Mrs Thistlewaite, maar ik denk dat ik me maar eens zelfzuchtig ga gedragen en u een poosje voor mezelf houd.'

'Dan ben ik waarschijnlijk ook zelfzuchtig, want ik zie geen kwaad in uw plan,' zei Selina. Mr Malcolm glimlachte, bracht haar hand naar zijn lippen en vertrok.

Selina staarde dromerig voor zich uit en liet de geluiden van muziek en gesprekken over zich heen komen, totdat ze opschrok toen ze Malcolms naam en daarna die van haar hoorde noemen.

'Wat vindt u er nu van dat Mr Malcolm al die aandacht besteedt aan Miss Dalton?' vroeg een man, hoewel Selina het eerste deel van zijn vraag miste. Wat ze niet miste was het zeer hooghartige 'ahum' van de aangesproken persoon.

'U maakt toch zeker een grapje. Mr Malcolm en Miss Dalton?' Er klonk een verrukt lachje. Selina boog wat zodat ze om de pilaar kon kijken en zag tot haar verbazing dat de sprekers amper drie meter bij haar vandaan stonden. Het waren Lord Sylvester Mountjoy en Lady Cynthia Sommers. 'Ze is een complete non-entiteit,' ging Lady Cynthia verder. 'Haar vader is plattelandspredikant. Iedereen weet hoe kieskeurig Mr Malcolm is. Hij speelt duidelijk met haar voor zijn eigen vermaak.'

'Mij dunkt dat de dame te veel protesteert,' zei Lord Sylvester, maar Selina kon hem niet meer zien. Ze leunde weer achterover, aan het oog onttrokken door de pilaar, plotseling overmand door schaamte bij de gedachte dat ze haar misschien zouden zien.

Ze wist niet waarom zij zich zou moeten schamen als zij wisten dat ze hun opmerkingen had kunnen horen; als ze pit had, zou ze nu opstaan en hen confronteren, maar ze was bang dat wat Lady Cynthia zei maar al te waar was. En hoewel ze misschien zou willen geloven dat Malcolm verliefd op haar was, hoe kon ze de ware aard van zijn genegenheid kennen?

'Miss Dalton.'

Selina keek geschrokken op en zag Mr Malcolm voor haar staan met een glas punch in zijn hand. Ze vroeg zich af hoeveel hij ervan had meegekregen. Hij kwam toch net aangelopen? Misschien had hij niets gehoord.

'Mr Malcolm. Wat fijn dat u wat punch hebt gehaald. Ik heb behoorlijk dorst gekregen van die levendige dans,' zei Selina, terwijl ze haar hand uitstak naar het glas. Ze schrok toen Mr Malcolm het op de grond zette en haar handen vastpakte terwijl hij voor haar neerknielde.

'Miss Dalton, wees alstublieft niet geschrokken door wat u zojuist hoorde.'

'Ik weet niet precies waar u op doelt,' zei Selina, die Malcolm niet aan kon kijken en probeerde haar handen uit zijn greep los te trekken.

'Doe maar niet alsof. Ik hoorde Lady Cynthia zeggen dat ik alleen maar met u aan het spelen was, en als ik het hoorde, moet u het ook hebben gehoord. Het is niet waar.'

'O nee?' vroeg Selina, die haar pogingen om haar handen los te trekken staakte en Mr Malcolm aankeek. Hij wendde zijn blik niet af.

'Nee, dat is het niet. Ik weet dat ik zo'n reputatie heb – we hebben er zelfs al eerder over gesproken – maar u hebt van mij niets te vrezen. Ik waardeer uw achting te zeer om het risico te lopen haar te verliezen. Ik vraag me zelfs af of ik niet degene ben die bang zou moeten zijn.'

'Onzin. Wat hebt u te vrezen?' fluisterde Selina.

'Het maakt me bang dat u met de simpele aanraking van uw fraaie hand' – hij zweeg en bracht die hand naar zijn lippen – 'mij zulke hevige hartkloppingen bezorgt.' Hij drukte haar hand tegen zijn borst, maar Selina's eigen hart klopte zo snel dat ze niet wist of het staccato bonzen dat ze voelde van hem of van haarzelf was. 'Zoiets kan toch niet gezond zijn, denkt u wel?' vroeg Mr Malcolm haar. Selina kon alleen haar hoofd maar schudden. 'Maar nog angstaanjagender is de gedachte dat u even zo plotseling als u die avond in de bibliotheek verscheen, zou kunnen verdwijnen. Dat ik op een ochtend wakker word om te ontdekken dat u een lieftallig fantoom was dat een moment luister bijzette. Want u lijkt me te volmaakt om echt te zijn.'

'U maakt zich onnodig zorgen, mijnheer. Ik ben verre van perfect, en maar al te echt.'

'Misschien moet ik uw hartslag voelen, zodat ik dat kan bevestigen,' zei Mr Malcolm, terwijl hij al een hand naar haar borst uitstak.

'Mr Malcolm!' riep Selina uit terwijl ze zich uit zijn greep lostrok. Toen zag ze zijn lachende ogen.

'Het leek me wel zo eerlijk,' zei hij.

'U moet me maar op mijn woord geloven,' zei Selina, en ze verbeet een lachje.

'Hmm. Dat moet dan inderdaad maar. Voor nu, tenminste,' zei Malcolm, terwijl hij opstond uit zijn knielende positie en zijn arm naar haar uitstrekte. Selina stond op van haar stoel, te nerveus om daarop te kunnen reageren.

Hadley Hall lag op nog geen dag rijden van Londen, in het Kentish Weald. Het was niet ver van de grens met Sussex, dus ook voor Selina's ouders lag het op gunstige afstand. Selina voelde een knoop in haar maag van opwinding toen het rijtuig de lange oprijlaan in sloeg die naar Hadley Hall leidde.

Mrs Thistlewaite was in slaap gevallen, wat naar Selina's

mening een heel goede zaak was. Ze had zich de eerste uren van de reis druk gemaakt, ervan overtuigd dat ze iets was vergeten, maar ze wist niet precies wat. Julia en Selina hadden stilzwijgend afgesproken om haar niet wakker te maken, en brachten dus het laatste deel van de reis in stilte door. Selina was zelf te nerveus om in slaap te vallen, en toen het rijtuig het huis naderde, staarde ze gefascineerd uit het raampje.

Ze zag een prachtig aangelegd park en een kunstmatig meer, met in de verte een landhuis in palladiaanse stijl, opgetrokken uit geel baksteen. De enorme omvang van dit alles verbaasde haar, en toen ze uit het rijtuig stapten, kon ze alleen maar vol ontzag om zich heen kijken. Mrs Thistlewaite was eindelijk wakker geworden en kwam moeizaam het rijtuig uit, gevolgd door Julia.

'Is het niet indrukwekkend?' vroeg Julia aan Selina.

'Dat is het zeker,' zei Selina. 'Ik heb het gevoel alsof ik plotseling in Rome ben.'

Het was een ongewoon warme dag, zelfs voor juli, dus ook het weer droeg bij aan Selina's indruk dat ze op magische wijze naar een andere tijd en plaats was getransporteerd. Voordat er verder nog iets kon worden gezegd, kwam Mr Malcolm het huis uit om hen onderaan het bordes te begroeten.

'Het verheugt me u bij mij thuis te mogen verwelkomen,' zei hij tegen de drie dames, maar het was duidelijk dat hij vooral verheugd was om Selina te zien.

'Het is erg mooi,' zei Selina tegen hem.

'Dank u. Ik hoop dat het interieur u ook kan behagen. Mag ik u uitnodigen om mee naar binnen te gaan?' vroeg hij, terwijl hij Selina zijn arm aanbood, en Julia en Mrs Thistlewaite volgden. Hij begeleidde hen naar de hal, een vijftien meter hoge zaal met een gewelfd cassetteplafond gestut door albasten zuilen. In nissen door de hele ruimte stonden bustes van Griekse en Romeinse goden.

'Het plafond is naar een ontwerp van Inigo Jones,' zei Mr Malcolm tegen hen, en Selina knikte maar wat bij wijze van antwoord.

De huishoudster had hen bij de deur opgewacht en Mr Malcolm vroeg haar de dames naar hun kamers te brengen. 'Mijn moeder wacht op u in de Grote Salon, maar ik dacht dat u zich misschien even zou willen opfrissen voordat u zich bij haar voegt.'

'Dat zou prettig zijn,' zei Selina, en Julia en Mrs Thistlewaite waren het ermee eens.

De dames wilden net weglopen toen Mr Malcolm riep: 'Miss Dalton.'

Selina draaide zich om. 'Ja?'

'Uw ouders arriveren morgen,' zei hij tegen haar en hij schonk haar een tedere glimlach en voegde er met gedempte stem aan toe: 'Ik ben erg blij dat u hier bent.' Er was niets arrogants aan zijn glimlach. In feite zag hij er een stuk ontspannener en tevredener uit dan op enig moment in de stad.

'Ik ben ook erg blij om hier te zijn,' zei Selina tegen hem voordat ze zich weer bij de andere dames voegde.

Selina had een heel mooie kamer toegewezen gekregen met uitzicht op het meer. De Blauwe Kamer, heette hij. Er hing blauw-wit toile de jouy-behang, met bijpassend beddengoed. Er stond een kleine stoel bij het raam, waar Selina in plofte nadat onder haar toezicht haar bagage was uitgepakt en ze weer alleen was.

In haar wildste fantasieën had ze zich zo'n plek niet kunnen bedenken. Ze wist wel dat Mr Malcolm rijk was, en zelfs dat hij een mooi landgoed bezat, maar de realiteit van die woorden had tot op de dag van vandaag geen indruk op haar gemaakt. Ze besefte plotseling wat het betekende om de belangstelling van zo iemand gewekt te hebben.

Selina had een bescheiden opvoeding gehad, maar haar ouders hadden haar nooit afgeschermd. Haar familie was niet rijk, maar het ontbrak hun ook niet aan iets, en ze mochten zich verheugen in de steun van Lord Musgrove, hun beschermheer, een verre verwant en degene die hun de parochie had geschonken waar haar vader predikant was. Ze had zich in zijn landhuis net zo thuis gevoeld als in de pastorie. Toen ze vervolgens het kleine dorp verliet om als gezelschapsdame van Mrs Ossory te dienen, had ze in een elegant herenhuis gewoond en had ze via Mrs Ossory kennisgemaakt met heren en dames van rijkdom en aanzien.

Maar zoveel luxe als hier op Hadley Hall had ze nog nooit gezien. Zoveel weelde vond Selina intimiderend. En het idee dat Mr Malcolm een geschikte vrouw des huizes in haar zag stemde haar zeer nederig.

Ze hoorde een klop op de deur. 'Kom binnen,' zei ze.

De deur ging open. 'Selina, het is tijd om thee te gaan drinken,' zei Julia tegen haar.

'Nu al?' protesteerde Selina, maar ze stond op van haar stoel. 'Ik hoopte eigenlijk dat ik voor altijd in die stoel bij het raam kon blijven zitten.'

Julia antwoordde even niet, want ze was te druk met om zich heen kijken. 'Ik geloof echt dat jouw kamer groter is dan de mijne,' zei ze ten slotte.

'Misschien wilde hij je een kamer naast je moeder geven,' opperde Selina.

'Misschien,' antwoordde Julia, maar Selina wist dat Julia dat als het zoveelste minpunt van Mr Malcolm beschouwde.

Niet voor het eerst wenste Selina dat haar vriendin niet zo'n hekel aan Malcolm had, maar ze besefte dat het zinloos was om met haar over dit onderwerp in discussie te gaan. Mrs Thistlewaite wachtte beneden op hen en de drie dames werden onderaan de trap opgewacht door een lakei die hen voorging naar de salon.

De muren van de salon waren bedekt met een rijk karmozijnrood fluweel, waaraan talloze schilderijen waren opgehangen. Het effect was heel weelderig, maar toch was het niet naar Selina's smaak. Ze gaf de voorkeur aan het classicisme van de hal en de elegante landelijkheid van haar slaapkamer. Voordat ze nog meer indrukken kon opdoen, werd ze afgeleid door Mr Malcolm die opstond en hen tegemoet liep.

Selina merkte hoe nerveus ze was toen Mr Malcolm haar en de Thistlewaites aan zijn moeder, Lady Kilbourne, voorstelde.

Lady Kilbourne was een knappe, elegante vrouw van middelbare leeftijd. Ze had inmiddels grijs haar, maar Selina vermoedde dat het waarschijnlijk ooit net zo donker was geweest als dat van haar zoon. Ze had dezelfde teint als hij, en ook zijn bruine ogen. Lady Kilbourne glimlachte vriendelijk naar Selina, maar Selina voelde zich geïntimideerd door haar, al was daar geen reden toe. Maar ze was té elegant, zodat Selina zich onmiddellijk bewust werd van alle tekortkomingen in haar eigen toilet. De moeder van Mr Malcolm zat kaarsrecht op de bank, met halfgeloken ogen, zodat je de uitdrukking daarin niet goed kon zien. De dames werden uitgenodigd om te gaan zitten en kregen thee aangeboden. Dit alles gebeurde op een trage manier, alsof Lady Kilbourne het hele gebeuren maar vermoeiend vond. Selina nam wat brood en boter, en wenste toen dat ze dat niet had gedaan, want ze was te nerveus om iets te eten.

'Miss Dalton, mijn zoon heeft me verteld dat u in Sussex bent opgegroeid,' zei Lady Kilbourne.

'Inderdaad, milady.'

'Welk deel van Sussex?'

'Een klein dorpje in de buurt van Chailey,' zei Selina. Het zou prettig zijn als Julia of Mrs Thistlewaite ook iets aan het gesprek zou bijdragen.

'En uw vader dient daar nog steeds als predikant, meen ik.'

'Inderdaad, milady.'

'En je moeder? Komt haar familie ook uit Sussex?'

'Inderdaad, milady,' zei Selina voor de derde keer, ze voelde zich een volslagen idioot. 'De naam van haar familie is Kingswater,' zei ze, blij dat ze eindelijk een opmerking kon maken die niet direct een antwoord op een vraag was.

'Kingswater,' herhaalde Lady Kilbourne met een bedachtzame blik. 'Ik vrees dat ik geen Kingswaters ken,' zei ze ten slotte, en ze nam een slokje thee.

Selina wist niet hoe ze moest reageren. Ze voelde zich op de een of andere manier schuldig aan het feit dat Lady Kilbourne de familie van haar moeder niet kende. Gelukkig wendde Lady Kilbourne zich tot de Thistlewaites en begon met hen te praten. Selina was blij dat ze even op adem kon komen en deed haar best om wat brood en boter te eten.

Ze droeg weinig bij aan de rest van het gesprek tijdens de thee, en ze vermoedde dat dat maar goed was ook, gezien haar weinig gevatte inbreng tot dusver. Na de thee vroeg Mr Malcolm of de dames misschien interesse hadden in een rondleiding door het huis.

Mrs Thistlewaite en Julia sloegen het aanbod af en zeiden dat ze graag wat wilden rusten voor het avondeten.

'En u, Miss Dalton?' vroeg Mr Malcolm, terwijl hij Selina aankeek.

Selina keek naar Lady Kilbourne, die vriendelijk naar haar glimlachte, maar nog steeds met halfgesloten ogen. 'Ja, een rondleiding door het huis lijkt me boeiend,' zei Selina nogal aarzelend. Ze wilde niet te gretig lijken. 'Ik heb nog nooit een huis als Hadley Hall gezien,' legde ze uit aan Lady Kilbourne.

'Er is ook geen huis zoals dit,' zei Lady Kilbourne.

'Goed dan,' zei Mr Malcolm, terwijl hij opstond. 'Zullen we dan maar meteen beginnen?'

Selina stond op en verontschuldigde zich bij de anderen. Lady Kilbourne herinnerde hen eraan dat ze niet al te veel tijd hadden, aangezien het diner stipt om zeven uur geserveerd werd.

Ze begonnen hun rondgang in de beeldengalerij, een lange, smalle ruimte met ramen waar marmeren beelden voor stonden.

'Dit is mijn favoriete ruimte in het huis,' zei Mr Malcolm tegen haar. 'Als we een groot gezelschap te gast hebben, bijvoorbeeld voor een bal, dan wordt hier het diner geserveerd.'

'Het is inderdaad heel mooi,' zei Selina, terwijl ze de lichte zaal bewonderde, waar de middagzon naar binnen viel. Hij was een stuk minder protserig dan de salon, en Selina voelde zich een beetje ontspannen.

Ze liepen langzaam de zaal door en bleven af en toe staan om een standbeeld te bekijken. Toen ze een paar minuten voor een van die kunstwerken stilstonden realiseerde Selina zich plotseling dat Mr Malcolm niet het beeld stond te bekijken, maar haar.

'Gaat het wel?' vroeg Mr Malcolm aan Selina toen ze zich omdraaide en hem aankeek. 'U hebt uw voet toch niet opnieuw geblesseerd, hoop ik?'

'Nee, helemaal niet, het gaat uitstekend. Waarom vraagt u dat?'

'U leek niet helemaal zichzelf bij de thee. De enige andere

keer dat ik u zo wonderlijk heb zien doen was toen u geblesseerd bleek te zijn.'

Selina glimlachte. 'Ik zou willen dat ik me kon beroepen op een kwetsuur aan mijn tong, die kon verklaren waarom ik antwoorden gaf van maar één lettergreep, maar ik vrees dat ik dat excuus niet heb. Waar ik aan leed was niet meer dan een vlaag van verlegenheid.'

'Dat is vreemd. U komt me anders nooit zo verlegen voor.'

'Nou ja, u moet toegeven dat al deze pracht wel wat intimiderend is,' zei Selina met een weids gebaar door de ruimte.

'Ik snap wel dat het misschien dat effect kan hebben,' zei Mr Malcolm, maar toen Selina naar hem opkeek, zag ze dat hij haar aanstaarde.

'Volgens mij is er niets wat u intimideert,' zei Selina.

'Kom ik dan werkelijk zo afschrikwekkend over?'

'Ja.'

Malcolm schoot in de lach. 'Ach kom, u overdrijft toch zeker? Zo griezelig kan ik niet zijn. Mijn nichtje en neefje zijn dol op me, en die zijn pas vijf en zes. Als ik kleine kinderen geen angst aanjaag, dan moet een jongedame van – hoe oud bent u, vijfentwintig? – toch zeker ook geen schrik van mij hebben?'

'Tweeëntwintig!' zei Selina, een beetje geschrokken omdat hij dacht dat ze ouder was.

'Heb ik u beledigd door mijn gok?' vroeg Malcolm. 'Het is een list die ik heb bedacht om achter de ware leeftijd van een dame te komen. Als je te hoog gokt, flappen ze er altijd meteen de waarheid uit, terwijl als je het hun rechtstreeks vraagt, ze het je meestal niet willen vertellen.'

'U bent erg gewiekst. Ik zie wel dat ik aldoor bij u op mijn hoede moet zijn.'

'Helemaal niet. Ik ben onverstandig genoeg om mijn geheimpjes prijs te geven. Van mij hebt u niets te vrezen. Een echte manipulator zou u nooit vertellen dat hij u manipuleert,' zei Mr Malcolm, glimlachend op een manier die Selina behoorlijk manipulatief vond. Ze was er zeker van dat hij bijna altijd zijn zin kreeg als hij zo glimlachte.

'Dus u hebt dit allemaal zo bedacht opdat u een excuus hebt voor uw gedrag,' zei Selina.

'Precies. Als ik u bijvoorbeeld vertel dat ik u heb gemanipuleerd om in te stemmen met deze rondleiding, zodat ik een kus van u zou kunnen stelen, dan was dat niet echt geslepen van me, want ik heb mijn opzet eerlijk toegegeven.'

Selina voelde haar hart een beetje sneller kloppen, ook al had Mr Malcolm nog geen poging gedaan om haar aan te raken. Toch slaagde ze erin hem luchtig van repliek te dienen. 'Maar dan is uw plan gedoemd te mislukken, want nu ben ik gewaarschuwd en kan ik me beschermen tegen uw avances.'

'Mijn plan is gedoemd te mislukken?' zei Mr Malcolm, terwijl hij zijn arm om Selina's middel sloeg.

'Ja, natuurlijk,' zei Selina, voordat ze wegzonk in zijn omhelzing.

Deze kus was een stuk bevredigender dan hun eerste, op het bal van Lady Hartley. Die avond hadden Malcolms lippen de hare nauwelijks geraakt en zijn armen hadden haar veel te kort omhelsd. Deze keer had hij haar zo stevig vast dat ze zijn brede borst tegen zich aan gedrukt voelde. En deze keer kuste hij haar vol op de mond, en bleef hij haar kussen totdat ze dreigde te bezwijken, ofwel door gebrek aan zuurstof ofwel vanwege de plotselinge zwakte die ze voelde in haar benen; ze wist niet precies door welke van de twee het kwam.

Maar voor het zover was, keek Malcolm op. 'Nu bent u toch vergeten zichzelf te beschermen,' zei hij tegen Selina.

'Hoezo?' vroeg ze.

'Ik heb u eerlijk gewaarschuwd dat ik van plan was een kus te stelen, dus ik kan niet verantwoordelijk worden gehouden voor mijn daden.'

'Dat is waar,' zei Selina, die zich probeerde te herpakken. 'Dan moet ik u maar vergeven. Ik heb eigenlijk geen keuze.'

'Mooi zo. Al was dit wel de laatste keer dat ik van plan was u vooraf te waarschuwen,' zei hij en hij kuste haar opnieuw.

Toen Lady Kilbourne haar die avond vroeg van welk deel van de rondleiding ze het meest had genoten, wist Selina niet goed wat te antwoorden. Ze zag Mr Malcolm even ondeugend naar haar kijken, en voelde dat ze begon te blozen.

'Volgens mij kon de beeldengalerij u erg bekoren,' zei Mr Malcolm.

'Ik heb inderdaad erg genoten van de beeldengalerij,' zei Selina, en ze bedacht zich toen pas hoe Mr Malcolm haar woorden zou kunnen opvatten. 'Ik bedoel, ik vond de beeldengalerij heel bevredigend.' Malcolm begon nog breder te grijnzen. 'De marmeren beelden waren zo verfijnd,' zei Selina, blij dat ze eindelijk iets wist te zeggen wat Mr Malcolm niet verkeerd kon uitleggen.

'En welke van de beelden spraken u het meest aan?' vroeg Malcolm haar.

'Jeremy!' berispte zijn moeder hem. 'Zie je niet dat je Miss Dalton in verlegenheid brengt?' Lady Kilbourne wendde zich tot Selina. 'Maakt u zich geen zorgen, Miss Dalton. U bent niet de eerste die de beelden nogal schokkend vindt. Toen mijn zus nog leefde, gaf ze eens een rondleiding door het huis en een van de aanwezige dames zei later dat het jammer was dat we niet iets hadden bedacht om de naaktheid van de mannen te verbergen, want de dames hadden nogal versteld gestaan door wat ze te zien kregen.'

Selina schonk Lady Kilbourne een glimlach, blij dat die haar te hulp geschoten was, ook al waren het niet de beelden die ze zo gênant vond, maar eerder de verkapte verwijzingen van Mr Malcolm naar zijn gestolen kussen.

Selina's zedigheid leek echter indruk te maken op Lady Kilbourne (of misschien kwam het doordat ze nu toch in staat bleek om in volzinnen te praten), want aan het eind van het diner leek Lady Kilbournes ijzigheid te zijn ontdooid. Toen iedereen zich na het eten terugtrok in de salon, verzocht Lady Kilbourne Selina voor hen te spelen.

'Mijn zoon heeft me verteld dat u een heel getalenteerde jongedame bent,' zei Lady Kilbourne en ze glimlachte naar Selina.

Selina maakte geen bezwaar, al haastte ze zich om Julia voor te stellen voor het volgende optreden, als ze dadelijk klaar was met haar stuk. Het was Selina duidelijk dat alle aandacht die haar ten deel viel Julia irriteerde.

9

De volgende middag arriveerde ook de rest van de gasten. Eerst Cassie en Mr Ossory en toen ook Mr en Mrs Dalton.

Selina was wat gespannen toen ze haar ouders aan de rest van het gezelschap voorstelde, omdat ze hen probeerde te zien zoals de anderen dat zouden doen. Mr Dalton was niet zo modieus als de andere aanwezige heren, maar hij ging netjes en bescheiden gekleed, zoals zijn beroep dat vereiste. Hij was een knappe heer van vijftig en het was duidelijk dat Selina haar fraaie uiterlijk grotendeels van hem had geërfd.

Mrs Dalton was met haar vijfenveertig jaar nog altijd een aantrekkelijke vrouw, maar niet zo aantrekkelijk als haar gastvrouw. Was Lady Kilbourne slank en elegant, Mrs Dalton was mollig en moederlijk. Maar haar beide ouders gedroegen zich charmant en waardig, en Selina was trots op hen.

Na de thee brak het gezelschap op in kleinere groepjes. Cassie en Mr Ossory gingen met Malcolm mee om de stallen te bezichtigen. De Thistlewaites en Lady Kilbourne besloten voor het avondeten op hun kamer uit te rusten. Selina en haar ouders vroegen of ze een wandeling over het landgoed mochten maken, en Mr Malcolm stuurde hen naar de formele tuinen aan de zuidkant van het huis.

Ze liepen een paar minuten in stilte, arm in arm, Mrs Dalton geflankeerd door haar man en dochter. Selina, die een extra dag had gehad om de pracht van Hadley Hall op zich in te laten werken, vroeg zich af of haar ouders net zo overweldigd waren als zij de dag ervoor.

'Nou, Selina,' zei Mr Dalton uiteindelijk, 'we waren nogal verrast toen we een uitnodiging kregen om naar Hadley Hall te komen.'

'Dat kan ik me voorstellen,' zei Selina.

'Mr Malcolm lijkt me een heel aardige jongeman,' zei Selina's moeder.

'O, mama, vindt u hem aardig? Wat fijn,' zei Selina, terwijl ze haar moeder stralend aankeek. Die pakte Selina's hand, gaf er een kneepje in en keek haar dochter lachend aan.

'We kennen hem pas een uur, Millicent,' zei Mr Dalton tegen zijn vrouw.

'En dat was een heel aangenaam uur,' zei zijn vrouw ondeugend, en ze leek op dat moment opmerkelijk veel op haar dochter. Haar man glimlachte even naar haar en klopte op haar andere hand voordat hij in ernst verderging.

'Mr Malcolm is alles wat de meeste ouders wel aan zou staan: hij is geliefd, rijk en hij heeft goede contacten. Maar weet je, Selina, je moeder en ik willen voor jou meer dan dat.'

Je bent opgevoed om deugd boven rijkdom te waarderen, en schoonheid van karakter boven louter fysieke aantrekkelijkheid. Mr Malcolm komt uit heel andere kringen dan jij. In zijn wereld wordt er gelachen om goede zeden, worden huwelijken gesloten om geldelijk gewin en wordt het leven besteed aan nutteloze bezigheden. Kijk alleen al naar wat de prins-regent en zijn broers zoal doen, en je weet dat dat zo is.'

'Ik weet dat wat u zegt klopt, papa, maar ik denk dat hij door zijn interesse in mij laat zien dat hij anders is dan de mensen met wie hij omgaat.'

'Dat is waar. Je bent niet de dochter van een edelman en je bent ook niet rijk genoeg opdat dat een argument zou kunnen zijn. Maar je bent een knappe jongedame en het komt vaak voor dat fysieke aantrekkingskracht aangezien wordt voor een meer blijvende emotie.'

'Je vader viel op jouw leeftijd bijna ten prooi aan de lokroep van zo'n sirene. Als ik er niet was geweest om hem te beschermen, wie weet wat er dan was gebeurd,' zei Mrs Dalton.

'Dus je hebt me gered?' vroeg Mr Dalton met opgetrokken wenkbrauwen.

'Geen dank,' zei Mrs Dalton.

Selina bekeek haar ouders geamuseerd. Zo was het altijd geweest. Haar moeder weerhield haar vader ervan te lang te preken, en zorgde er met haar humor voor dat hij niet te serieus werd. Het was een waardevolle eigenschap voor de vrouw van een predikant.

'Ik ben zo blij dat jullie er allebei zijn,' zei Selina.

'Wij ook,' zei Mrs Dalton. 'Zelfs als Mr Malcolm en jij toch geen match blijken te zijn, is het heerlijk om een uitje te hebben.'

Selina was die avond opgelucht dat haar vader en Mr Malcolm het goed met elkaar schenen te kunnen vinden. Het hele gezelschap had het blijkbaar naar zijn zin. Julia had niet meer zo'n last van haar slechte humeur van eerder door de komst van Mr Ossory, en Mrs Thistlewaite was verheugd dat ze zich weer op de achtergrond kon terugtrekken met de toestroom van meer gasten. Lady Kilbourne en Mrs Dalton ontdekten een wederzijdse interesse in tuinieren, en Cassie was altijd tevreden zolang hij maar geen ruzie had met zijn nicht. (Wat, nu Mr Ossory er was, steeds minder vaak voorkwam.)

Pas toen de heren zich na de sigaren en de cognac weer bij de dames in de salon voegden gebeurde er iets wat de goede sfeer zou kunnen bederven. Men converseerde wat en plotseling wendde Mrs Dalton zich tot haar dochter en zei: 'O, ik vergat je te vragen hoe het met Mrs Covington gaat. Ben je bij haar langs geweest, zoals ik je vroeg?'

Voordat Selina kon antwoorden, richtte Mrs Dalton zich tot haar gastvrouw en legde uit dat Mrs Covington de weduwe was van hun neef en dat ze in de stad woonde.

Selina's ogen schoten naar Malcolm, in de vurige hoop dat hij druk in gesprek was en de opmerking van haar moeder had gemist. Helaas keek hij haar recht in de ogen. Haar volgende gedachte was dat Julia misschien zou ingrijpen, maar Julia zat met haar neef te praten en was zich niet bewust van wat er gebeurde. Dus Selina had geen andere keuze dan haar moeder te antwoorden.

'Ja, ik heb Mrs Covington bezocht. En zij is ook op bezoek geweest bij de Thistlewaites thuis.'

'Fijn, dat doet me deugd.' Mrs Dalton wendde zich weer tot Lady Kilbourne. 'Mrs Covington is niet echt naaste familie. Haar man was maar een achterneef, maar ze is een weduwe. En Mr Dalton en ik hebben Selina altijd geleerd om mensen in minder fortuinlijke omstandigheden wat hartelijkheid te betonen.'

Lady Kilbourne was het ermee eens dat dit lovenswaardig was, en het gesprek ging al snel over op een ander onderwerp. Maar Selina mengde zich er nauwelijks nog in. Ze schaamde zich zo diep dat Mr Malcolm haar op een leugen had betrapt, en al helemaal omdat haar moeder zo hoog opgaf van haar principiële opvoeding. Ze sloeg haar ogen neer en wachtte ongeduldig op een moment waarop ze zich kon verontschuldigen.

'Miss Dalton,' hoorde ze Mr Malcolm zeggen, en toen ze opkeek, zag ze dat hij in de stoel links van haar was gaan zitten.

Selina sloeg haar blik snel weer neer. 'Mr Malcolm,' zei ze. 'Alstublieft, neem me niet kwalijk, ik voel me niet zo goed...'

'Miss Dalton,' herhaalde Malcolm, haar in de rede vallend. 'Het maakt mij niet uit dat Mrs Covington uw nicht is, en het spijt me als ik u die indruk heb gegeven.'

'Ze is niet écht mijn nicht,' begon Selina, maar ze zei toen: 'Ik ben u mijn excuses verschuldigd, Mr Malcolm. Ik schaam me zo vreselijk. Wat moet u wel van mij denken?'

'U was bang om in mijn achting te dalen als u de waarheid zou vertellen. En dat is mijn schuld, want ik kijk met schaamte op die gelegenheid terug. Ik moet vreselijk wijsneuzerig hebben geklonken, arrogant zelfs, en ik denk er nog vaak met spijt aan.'

'Toch is dat voor mij geen excuus om te liegen. Het enige wat ik ter verdediging kan aanvoeren is dat ik u de waarheid wilde vertellen, maar dat Julia...' Selina viel stil in het besef dat het nou ook niet de bedoeling was iemand anders de schuld te geven. 'Ik wilde u in elk geval de waarheid vertellen.'

'Ik geloof u,' zei Malcolm. 'Laten we nu dit dwaze incident vergeten. We hebben er geen van beiden iets aan er maar over door te gaan.'

Toen Selina zich later die avond klaarmaakte om naar bed te gaan, bedacht ze hoe blij ze was dat haar moeder over Mrs Covington was begonnen, ook al was het aanvankelijk nog zo gênant geweest. Haar twijfels over het karakter van Mr Malcolm waren gebaseerd op Julia's uitspraken over hem en op zijn minachtende opmerkingen over Mrs Covington. Nu, na zijn verontschuldiging, had ze geen serieuze bedenkingen meer tegen hem. Julia's afkeer van Mr Malcolm was het gevolg van gekwetste trots – dat werd Selina steeds duidelijker – en dus kon Selina die samen met Julia's hatelijke opmerkingen naast zich neerleggen. Mr Malcolm had net als ieder ander zo zijn fouten, maar wat Selina betrof, was hij verder bijna perfect.

Selina's gemijmer werd onderbroken door een klop op de deur. Ze vroeg zich af wie er op dit uur naar haar kamer kon komen, totdat Julia haar hoofd om de hoek van de deur stak.

'Selina, mag ik binnenkomen?' vroeg ze.

Zonder op antwoord te wachten trok Julia de deur zachtjes achter zich dicht en ging in de vensterbank zitten. 'Ik denk dat het tijd is,' zei ze.

'Als je bedoelt dat het tijd is om naar bed te gaan, dan kan ik het alleen maar met je eens zijn, en ik vraag me af waarom je dan nu in mijn kamer bent in plaats van die van jezelf.'

'Nee,' zei Julia ongeduldig, 'ik denk dat het tijd is om Mr Malcolm jouw lijst te laten zien.'

'Welke lijst? Ik heb geen lijst.'

'Dat weet je best. We hebben het hierover gehad toen je pas in de stad was. Mr Malcolm moest een lijst vinden die jij hebt geschreven. Een lijst waarop je niet alle punten hebt afgevinkt. Dan zal hij eens zien hoe het is om langs een meetlat te worden gelegd en tekort te schieten.'

'Julia, ik weet dat Mr Malcolm jou gekwetst heeft en dat spijt me. Ik geloof dat jullie een valse start hadden, en als je hem beter zou leren kennen, dan denk ik dat je...'

'Selina, wat wil je precies zeggen?'

'Ik wil zeggen dat ik niet van plan ben hier verder nog aan mee te doen. Aan dit... bedrog. Ik bewonder Mr Malcolm. Ik wil hem niet kwetsen.'

Julia kneep haar ogen tot spleetjes en sloeg haar armen over elkaar. 'Dus nu je Hadley Hall hebt gezien, nu je weet hoe rijk hij is, denk je dat je hem zover kunt krijgen om met je te trouwen, is dat het?'

'Nee, dat is het niet! Ik ben niet geïnteresseerd in Mr Malcolm vanwege zijn bezittingen. Hij is erg... aardig voor mij.'

'"Hij is erg... aardig voor mij,"' herhaalde Julia, Selina napratend. 'Wacht maar tot hij je afwijst zoals hij dat met mij deed, dan zul je eens zien hoe aardig hij is.'

'Zo is hij helemaal niet, volgens mij.' Selina slaakte een zucht. 'Tenminste, dat hoop ik.'

'Nou, dit is allemaal reuze-ontroerend, maar dit was dus helemaal niet de bedoeling.' Julia stond op van de vensterbank en begon boos door de kamer te ijsberen. 'Je hebt zelf gezegd dat je me zou helpen.'

'Ik heb gezegd dat ik erover na zou denken. En dat heb ik gedaan. Heel goed zelfs. En ik vind dat Mr Malcolm zo'n streek niet verdient.'

'En ik dan? Vind je soms dat ik wel zo'n streek verdiende?'

'Nee, maar ik geloof niet dat jou hetzelfde overkomen is.'

'Wel waar! Het was precies hetzelfde,' hield Julia vol.

'Mr Malcolm was niet van plan jou te beledigen. Hij wist niet dat je erachter zou komen dat hij een lijst had.'

'Maar ik ben er dus wel achter gekomen. En hij heeft mij wel degelijk beledigd.'

'En jij hebt zelf nog nooit iemand beledigd? Zulke dingen gebeuren nu eenmaal, Julia. Vaak. Een volwassen mens accepteert het en gaat door met zijn leven. Niemand wil bevriend zijn met iemand die niet in staat is een ander te vergeven.'

'En ik wil niet bevriend zijn met de dochter van een oersaaie predikant,' zei Julia en ze liep naar de deur.

'Julia,' zei Selina, maar haar enige antwoord was het geluid van de deur die met een klap dichtgetrokken werd.

Mr Malcolm en zijn moeder konden het helemaal beneden in de salon horen.

'Wat was dat?' vroeg Lady Kilbourne. 'Het klonk alsof iemand een deur dichtsloeg.'

'Waarschijnlijk die Miss Thistlewaite. Ze lijkt me wel het type dat met deuren slaat.'

Er viel een korte stilte en toen verzuchtte Lady Kilbourne: 'Die arme Mr Ossory.'

'Waarom zegt u dat?' vroeg Malcolm.

'Ze wil hem hebben. En ze is het type dat haar zin krijgt.' Ze keek even op van haar borduurwerk om een nieuwsgierige blik op haar zoon te werpen. 'Wat mij verbaast, is dat ze haar zinnen niet op jou heeft gezet. Jij bent toch een veel betere partij.'

'O, maar dat had ze ook. Dat was alleen van korte duur.'

'Wat is er dan gebeurd?'

Malcolm haalde zijn schouders op. 'Eigenlijk niets. Ik heb haar een keer meegenomen naar de opera en ben toen verder niet meer op bezoek gegaan. Het stierf een natuurlijke dood.'

'Dat denk jij. Ik betwijfel of ze zo'n afwijzing snel naast zich neer zou leggen. Ze vindt het niet leuk om de tweede plaats in te nemen naast die Miss Dalton van jou.'

'Ze is nog niet mijn Miss Dalton.'

'Ja, ik weet het,' zei zijn moeder enigszins vermoeid. 'Ik had liever dat je die zaak snel regelt. Je weet dat ik er een hekel aan heb om al die mensen te moeten bezighouden.'

'Dus u keurt Miss Dalton goed?' vroeg Malcolm.

'Ja natuurlijk. Maar waar het eigenlijk om gaat is of haar vader ons wel goedkeurt. Mr Dalton is zo wáárdig. Echt, als ik ook maar een greintje verstand had, zou ik je niet binnen zo'n familie laten trouwen en zou ik je overhalen een of ander dwaas, onwetend meisje te trouwen bij wie ik niet zo lelijk afsteek.' Lady Kilbourne nam een slokje madera. 'Iemand zoals je schoonzus.'

'U zou lijden, met wie ik ook zou trouwen. U moet zich realiseren dat schoonfamilie door God is bedacht om ons karakter te helpen vormen.'

'Ik realiseer me dat terdege. En het is zeker niet aan mij om de Almachtige in twijfel te trekken. Dat zou Mr Dalton ook nooit goedkeuren.'

10

Bijna iedereen van het gezelschap kwam de volgende dag bij het ontbijt weer samen, de jongeren onder hen gekleed om uit rijden te gaan, een afspraak die de vorige avond was gemaakt. Selina keek Julia een beetje achterdochtig aan, aangezien ze elkaar sinds hun vorige rampzalig verlopen gesprek niet meer hadden gesproken, maar Julia leek opgewekt en zag er erg aantrekkelijk uit in haar op militaire uniforms geïnspireerde rijjapon, die haar frêle, knappe uiterlijk fraai deed uitkomen. Selina vond het buitengewoon oneerlijk dat Julia er altijd in slaagde om er zo ingetogen uit te zien, terwijl haar persoonlijkheid precies het tegenovergestelde daarvan was.

Mr Malcolm gebaarde naar de lege stoel naast de zijne, dus Selina koos iets te eten van het dressoir en ging zitten.

'We hadden het net over het bal dat we volgende week willen houden,' zei Malcolm tegen Selina. 'Miss Thistlewaite wil graag dat het een gemaskerd bal wordt. Wat vindt u?'

Selina keek naar haar vader, die een beetje fronste. Ze wist precies wat hij vond van gemaskerde bals en dat hij ze beschouwde als een excuus voor mensen om zich over te geven aan allerlei losbandig gedrag. 'Ik ben nog nooit op een gemaskerd bal geweest...' begon Selina, maar voordat ze haar zin kon afmaken, viel Julia haar al in de rede.

'Ziet u nou wel, Mr Malcolm, u moet er een gemaskerd bal van maken. Selina heeft zoiets nog nooit meegemaakt.'

'Zou u dat leuk vinden, Miss Dalton?' vroeg Malcolm haar.

Selina aarzelde en keek weer naar haar vader. Mrs Dalton fluisterde hem iets in het oor en hij glimlachte en haalde zijn schouders op. 'Ik denk het wel,' zei Selina, die Julia niet tegen de haren in wilde strijken nu ze opgetogen leek over het idee.

'O, geweldig!' zei Julia, en ze klapte in haar handen. Cassie leek niet bepaald in zijn nopjes.

'Ik heb geen zin om een kostuum aan te trekken. Dat zit ongetwijfeld ongemakkelijk,' zei hij ontstemd.

'Je kunt een cape met een domino-masker dragen,' zei zijn nicht tegen hem.

'Potdorie, zeg, dat is nog erger. Wie wil er de hele avond een cape om? Het is hartje zomer.'

'Het spijt me dat ik de rest van dit boeiende gesprek moet missen, want ik moet nu voor de paarden gaan zorgen,' zei Mr Malcolm terwijl hij opstond van tafel. 'Degenen onder u die vanmorgen willen rijden, moeten naar de stallen komen zodra ze hier klaar zijn.'

Nadat Mr Malcolm was vertrokken, stond Selina op van haar stoel en ging aan de andere kant van de tafel bij haar ouders zitten. 'Vindt u het wel goed, dat gemaskerd bal?' vroeg ze aan Mr Dalton, zachtjes, zodat de anderen het niet konden horen.

'Tja, je weet wat ik vind van gemaskerde bals, maar je moeder herinnerde me eraan dat Mr Malcolm een betrouwbare gentleman is. Ik ben ervan overtuigd dat hij het soort gedrag dat dit soort gelegenheden in de stad losmaakt, niet zal toestaan.'

'En het lijkt me ook gewoon zo leuk,' zei Mrs Dalton.

De groep begon hun rit, met Malcolm en Selina voorop, gevolgd door Julia geflankeerd door Mr Ossory en Cassie.

Nadat ze een smal pad over gereden waren, bevond Selina zich echter naast Mr Ossory, met Julia, Cassie en Malcolm vlak voor hen.

Dit was voor het eerst dat ze elkaar spraken sinds die ene keer dat ze samen een ritje in zijn rijtuig hadden gemaakt – Julia had hen sindsdien steeds uit elkaar gehouden – en Selina voelde zich een beetje verlegen in zijn gezelschap.

'Het lijkt er dus op dat het toch een schaakmatch wordt,' zei hij ten slotte, de stilte verbrekend.

Selina schrok ervan, maar begreep al snel wat hij bedoelde. 'Het spijt me, Mr Ossory, het punt is...'

'Ik weet het. Mijn vriend heeft me uitgeschakeld.'

'Het spijt me zo,' herhaalde Selina, niet wetend wat ze verder moest zeggen.

'Dat is niet nodig. Het is mijn eigen schuld. Ik was te laat. Ik had u de afgelopen drie jaar op elk moment kunnen ontmoeten als ik mijn tante zou hebben bezocht tijdens mijn verlof, zoals ze me had gevraagd.' Mr Ossory zweeg even en keek Selina met een droevig lachje aan. 'Om eerlijk te zijn, ik had niet veel vertrouwen in tante Ossory als koppelaarster. Ze kon immers niet zo goed meer zien.'

'Ik weet het. Ik moest haar er constant van weerhouden om gesprekken aan te knopen met levenloze voorwerpen. Ze verwarde haar butler vaak met de paraplubak.'

Mr Ossory moest lachen. 'Nou, dan begrijpt u mijn aarzeling.'

'Absoluut.'

Ze reden even in stilte verder, terwijl Selina bedacht dat het jammer was dat ze niet van Henry Ossory kon houden. Maar toen besefte ze dat als ze verliefd op hem zou zijn, ze niet vrij was om verliefd te worden op Mr Malcolm, en dat was een vreselijke gedachte. Als Mr Ossory zijn tante wel had bezocht, een jaar geleden, was ze waarschijnlijk nu met hem getrouwd. Hoe graag ze Mr Ossory ook mocht, ze was blij dat hij toen niet was gekomen.

'Maar het is nog niet te laat voor ons om vrienden te worden,' zei Mr Ossory, terwijl hij Selina's over elkaar buitelende gedachten onderbrak.

'Nee, daarvoor is het nog niet te laat. Ik zou het erg leuk vinden.'

'Selina! Mr Ossory!' riep Julia.

Henry en Selina keken op en zagen dat ze achterop waren geraakt bij de andere ruiters, die inmiddels waren blijven staan om op hen te wachten.

'Selina, we zijn hier niet in de salon,' zei Julia speels.

'Neem me niet kwalijk,' zei Selina, verrast dat Julia haar zo vriendelijk toesprak. Mr Malcolm fronste, maar toen hij zag dat Selina naar hem keek, schonk hij haar een glimlach.

'Vanaf de top van die heuvel hebt u een heel mooi uitzicht,' zei Mr Malcolm, in de verte wijzend. 'Laten we die kant op rijden.'

Later, toen ze met de paarden teruggingen naar Hadley Hall, gebaarde Malcolm naar Julia en Henry, die samen met Cassie voor hen uit reden.

'Denkt u dat uw vriendin Miss Thistlewaite en Mr Ossory een stel worden?' vroeg hij aan Selina.

'Julia?' vroeg Selina verbaasd. 'Ik geloof niet dat Mr Ossory geïnteresseerd is in haar.'

'Ik geloof het ook niet. Ik denk dat hij geïnteresseerd is in u.'

Selina reageerde niet.

'Nou?' vroeg Mr Malcolm. 'Is hij geïnteresseerd in u?'

'Het zou onbescheiden van mij zijn om daar iets over te zeggen.'

'Dat is het soort reactie dat ik van de meeste andere vrouwen zou verwachten, maar het is niet wat ik van u gewend ben.'

'Mr Ossory en ik hebben afgesproken om een match aan te gaan.' Selina pauzeerde even voor het effect. 'Een schaakmatch.'

Selina had het idee dat Mr Malcolm opgelucht was. Ze hoopte het. Plotseling werd ze overrompeld door het onwaardige verlangen hem jaloers te maken. 'Maar hij had eigenlijk een ander soort match in gedachten?' vroeg Mr Malcolm.

'Dat zou kunnen. Maar ik zei hem dat ik alleen beschikbaar was voor een schaakmatch.'

'Arme Henry,' zei Malcolm.

'Had u liever gehad dat ik hem een ander antwoord had gegeven?' vroeg Selina, in de hoop iets anders aan hem te ontlokken dan medeleven.

'Ik had liever gehad dat hij in het meer was gesprongen.'

Selina was een beetje geschokt dat ze haar doel zo eenvoudig had bereikt, hoewel ze beslist niet zo'n rancuneuze reactie had gewild. 'Dat is een extreme houding tegenover iemand die uw vriend is,' zei ze, terwijl ze Mr Malcolm verbaasd aankeek. Tot haar opluchting glimlachte hij.

'O, maar ik meen het niet echt. Dat gevoel had ik alleen toen hij u het hof maakte. Ik wist dat jullie iets deelden uit het verleden, en ik voelde me buitengesloten. Ik was zelfs jaloers op uw voormalige werkgeefster. Maar nu ik weet dat zijn hofmakerij geen succes was, heb ik verder geen hekel meer aan hem.'

'Ik ben blij dat te horen, want ik vind hem erg aardig.'

'U kunt maar beter niet te enthousiast zijn in uw loftuitingen, anders kan het zomaar zijn dat ik hem weer moet verachten,' zei Mr Malcolm, maar het was duidelijk dat hij een grapje maakte.

‘Mag ik dan verder niemand aardig vinden behalve u?’ vroeg Selina.

‘Nee, als u mij maar het aardigst vindt van iedereen.’

Selina wist niet hoe ze hierop moest reageren, dus zei ze maar niets. Ze kon hem moeilijk vertellen dat ze hem aardiger vond dan welke man ook die ze ooit had gekend.

Tijdens de lunch die dag ging het gesprek voornamelijk over de kostuums die ze op het gemaskerde bal zouden dragen. De heren konden niet veel belangstelling voor het onderwerp opbrengen, maar de dames waren nogal opgewonden en zelfs Selina begon te denken dat het een goed idee was, zo’n maskerade.

Lady Kilbourne stelde voor om na de lunch op zolder te gaan kijken. ‘Want mijn zus gooide nooit iets weg, en Jeremy heeft de meeste van haar bezittingen daar neergelegd nadat hij het huis had geërfd. Van de kleding in de koffers daarboven kunnen we waarschijnlijk wel kostuums maken.’

‘Ik hoef niet naar zolder,’ zei Cassie, ‘maar ik moet wel een uitstapje naar het dorp maken voor een bezoekje aan de naaister.’

‘Ben je van plan om als dame te gaan, Cassie?’ vroeg Julia hem.

‘Natuurlijk niet. Als Griek,’ zei hij.

‘Had je een specifieke Griek in gedachten?’ vroeg Mr Ossory.

‘Nee, hoewel ik misschien maar beter een naam kan verzinnen, voor het geval iemand ernaar vraagt. Misschien Plato, of Socrates, of Julius Caesar.’

‘Julius Caesar was een Romein,’ zei Selina tegen hem.

‘Romein, Griek, dat maakt me niet uit. Ik ben van plan om een dun wit gewaad te dragen met wat blaadjes boven mijn oren. Ik ben ooit een keer als Henrik VIII naar zo'n vervloekt bal gegaan, en toen stikte ik bijna.'

'En wat doe jij aan, Selina?' vroeg Julia.

'Ik heb geen idee. Ik hoop dat ik op zolder inspiratie opdoe.'

'Waarom gaat u niet als uw naamgenoot?' opperde Mr Malcolm.

'Mijn naamgenoot?' vroeg Selina.

'Ja, als Selene, de maangodin.'

'Dan heeft Cassie mijn kostuum al gestolen,' zei Selina glimlachend.

'Ik zei toch dat ik niet als vrouw ga. Ik ga wel als een van die filosofische kerels, zoals Plato. Of Socrates,' zei Cassie.

'Dat is zo ongeveer de meest onwaarschijnlijke vermomming waar ik ooit van heb gehoord,' zei Mr Dalton tegen Mrs Dalton, die hem zei dat hij zijn mond moest houden.

Mr Ossory en Mr Dalton, die hun kostuums al hadden gekozen, gingen biljarten, terwijl Julia, Selina, Mrs Dalton en Mr Malcolm samen een bezoek brachten aan de zolder. Lady Kilbourne trok zich terug op haar kamer. Ze zei tegen haar zoon dat ze te oud was voor verkleedpartijtjes, dat zij tijdens het bal gewoon een baljapon zou dragen.

Na wat rondsnuffelen vond Mrs Dalton een jurk uit de vorige eeuw en besloot ze als Marie Antoinette te gaan.

'Dan doe ik alsof ik weer zeventien ben,' zei Mrs Dalton tegen Selina.

'Gaat u uw haar poederen of zet u een pruik op?' vroeg Selina aan haar moeder.

'Een pruik natuurlijk. Ik ben niet zoals Lord Cassidy. Ik geef niets om comfort. Het gaat erom hoe ik eruitzie,' zei Mrs Dalton lachend.

Toen ze haar kostuum had gevonden, legde Mrs Dalton het opzij en ging de anderen helpen zoeken. Julia vond een kostuum van een melkmeisje, dat jaren geleden blijkbaar voor een ander gemaskerd bal was gebruikt. 'Dit is wel leuk ouderwets,' zei ze, terwijl ze het voor zich hield.

'O, ja, kindje. Het zal je snoezig staan,' beaamde Mrs Dalton.

'Dus dan blijven alleen Selina en Mr Malcolm over. Heb jij al iets gevonden, Selina?' vroeg Julia.

'Nee,' zei Selina. 'Maar jullie hoeven niet allemaal op mij te wachten, hoor. Ik zoek wel in mijn eentje verder.'

'Onzin,' zei Julia. 'Wij helpen je.'

Selina glimlachte en bedankte Julia, opgelucht dat die het haar blijkbaar had vergeven dat ze Julia niet meer wilde helpen bij haar plannetje. Ze vond het wel vreemd dat ze haar nog steeds niet wilde aankijken, maar alleen wat mompelde en een ongemakkelijke indruk wekte. Misschien had Julia haar toch niet helemaal vergeven.

'Dus u weet zeker dat u niet als Selene gaat?' vroeg Mr Malcolm.

'Nee, dat weet ik helemaal niet zeker. Ik dacht gewoon dat als er iets kant-en-klaar is, ik dat kon gebruiken, maar ik heb er geen bezwaar tegen om me te verkleden als de maangodin.'

'Ik vraag het omdat als u als Selene gaat, ik van plan ben om als Endymion te gaan,' zei Mr Malcolm.

'Wie is Endymion?' vroeg Julia.

'Hij was de sterfelijke liefde van Selene. Selene zag hem, werd verliefd en smeekte Zeus hem onsterfelijkheid te schenken in de vorm van de eeuwige slaap. Volgens de mythe overlaadt Selene hem elke nacht met kussen terwijl hij op een heuveltop ligt te slapen,' legde Mr Malcolm uit.

'Wat romantisch,' zei Mrs Dalton.

'Ik vind het eerlijk gezegd vrij tragisch. Wat heeft Selene nou aan een eeuwige liefde als die eeuwig ligt te slapen?' zei Selina.

'Ik neem aan dat ze liever wil dat hij slaapt dan dat hij doodgaat,' zei Mr Malcolm.

'Hoe ziet die maangodin er eigenlijk uit?' vroeg Julia. Mr Malcolm haalde zijn schouders op. 'Er zijn een paar schilderijen waar ze op staat, onder andere een van Nicolas Poussin. Op zijn schilderij draagt Selene een licht, los gewaad en heeft ze donker haar. Maar volgens Homerus was haar haar juist goudblond. Er werd ook wel gezegd dat ze een wit gelaat en witte armen had en dat de maan haar op deed lichten.'

'Volgens mij droeg ze ook een halvemaan op haar hoofd,' zei Selina.

'Nou, dat klinkt niet als een al te moeilijk kostuum. We moeten maar gewoon even uit winkelen,' zei Mrs Dalton.

'Wat draagt Endymion?' vroeg Selina aan Malcolm.

'Eigenlijk wordt hij meestal afgebeeld in niets meer dan een kies geplaatst stukje stof, maar dat lijkt me niet geschikt voor ons bal,' zei Mr Malcolm terwijl hij Selina lachend aankeek.

'Mijn hemel, nee!' riep Mrs Dalton uit.

Selina zei niets. Ze probeerde wanhopig het beeld uit haar hoofd te zetten dat zijn woorden zojuist hadden opgeroepen. 'Dus ik heb vrij veel speelruimte wat mijn kostuum betreft. Ik neem een staf, zodat iedereen weet dat ik een herder ben, maar verder lijkt me dat het er nauwelijks toe doet wat ik draag. Zolang het maar rustiek is, natuurlijk.'

Omdat ze verder niet meer naar kostuums hoefden te zoeken, pakten Mrs Dalton en Julia die van hen op en liepen de trap af. Selina bleef even achter bij Mr Malcolm.

'Wilde u daarom dat ik Selene werd? Omdat u dan zelf zo'n gemakkelijk kostuum kon kiezen?' vroeg Selina hem.

'Ik moet bekennen dat ik wilde dat we bijpassende kostuums zouden dragen, maar net als Cassie heb ik ook geen zin om me de hele avond ongemakkelijk te voelen. En ik vond het wel passend dat Selina als Selene verkleed gaat.'

'Dus ik moet een kostuum kiezen waarbij u iets comfortabels aan kan?' vroeg Selina en ze slaakte een dramatische zucht. 'Ik ben ernstig misleid. Ik dacht dat u een romanticus was, maar het komt erop neer dat u vooral lui bent.'

'Zoals het mijn personage Endymion betaamt,' zei Malcolm tegen haar. Het duurde even voordat Selina hem begreep, en toen lachte ze. 'U bent anders behoorlijk uitgeslapen, zie ik. En slim genoeg om meteen maar excuses aan te bieden voor uw gedrag.'

Ze werden onderbroken door Mrs Dalton die Selina's naam riep, een verdieping lager.

'Ik kom eraan, mama,' riep Selina terug, en zij en Malcolm liepen de trap af.

De daaropvolgende week was iedereen druk bezig met de voorbereidingen voor het aanstaande bal. De dames hadden zich vrijwillig aangemeld om Lady Kilbourne te helpen bij het schrijven van de uitnodigingen, en toen ze daarmee klaar waren, reden Selina en Mr Malcolm door de buurt om die af te leveren. De dames maakten ook een uitstapje naar Tunbridge Wells, waar ze de spullen kochten die in het nabijgelegen dorp niet te krijgen waren.

Selina had in de bibliotheek van Hadley Hall een illustratie gevonden in een boek met de titel *Kostuums uit de oudheid*, en nam die mee naar de naaister. Haar jurk moest wit zijn, met een zilveren koord kruiselings tussen haar borsten en rond haar middel gebonden. Eerst leek het haar leuk om zich wat exotischer te kleden, misschien als een sultane of een zigeunermeisje, maar nu begon ze zich toch te verheugen op haar vermomming als Selene. Ze liet een hoofddeksel in de vorm van een halvemaan maken en in hetzelfde boek had ze ook een afbeelding van een kapsel gevonden.

Julia was zeer geïnteresseerd in Selina's voorbereidingen voor haar kostuum en stond erop haar te helpen. Selina dacht dat Julia haar eerdere gedrag recht wilde zetten en vond dat heel lief van haar. Waar ze geen idee van had was dat Julia een exacte kopie van haar kostuum aan het maken was.

Want Julia had haar plan om de hooggeboren Jeremy Malcolm te vernederen niet laten varen. Ze was haar hele leven gewend haar zin te krijgen en was zo gaan geloven dat ze superieur was aan alle anderen, dat het haar diep had gekrenkt toen ze de aandacht van de beste vangst op de huwelijksmarkt niet wist te trekken. Op het moment dat Selina ten tonele verscheen en hem zo gemakkelijk bleek in te palmen was ze nog woedender geworden, ook al was dat precies haar bedoeling geweest. Wat haar het meest stoorde, was dat Mr Malcolm Selina aardig vond, zelfs zonder de listen waarvan Julia dacht dat ze nodig waren. Julia vond het niet leuk zich de mindere te voelen, en de afgelopen tijd had ze tweede viool moeten spelen, wat ze Selina heel erg kwalijk nam. Als Julia's nieuwe plannetje zou slagen, zou Selina weer gewoon naar de tweede plaats worden teruggewezen en zou Mr Malcolm erachter komen wat een fout hij had gemaakt door haar, Julia, te versmaden.

De enige weeffout die ze kon ontdekken in haar plan, was dat Mr Ossory Selina ook al leek te bewonderen. Als het tussen Selina en Mr Malcolm op niets uit zou lopen, dan was het heel goed mogelijk dat Mr Ossory Selina ten huwelijk zou vragen, een gedachte die Julia enorm van streek maakte. Julia wilde dat Mr Ossory háár bewonderde, al zou ze natuurlijk nooit met hem trouwen. Hij was een respectabele partij, dat zeker, maar hij was niet goed genoeg voor Julia Thistlewaite.

Hoewel Julia soms ook het gevoel had dat hij juist té goed voor haar was. Zijn karakter was zo nobel, zo open en eerlijk, dat ze zich, als ze bij hem was, schaamde voor het bedrog dat ze aan het beramen was. Maar Julia liet zich door deze zeldzame opleving van haar geweten niet van haar doel afhouden. Als ze eenmaal ergens aan begon, was ze niet het type dat terugdeinsde om door te gaan tot het einde, ongeacht de gevolgen.

11

De avond van het gemaskerd bal brak aan en Selina keek verheugd naar haar verschijning in de spiegel. Haar jurk flatteerde haar erg. Het zilveren koord benadrukte haar figuur en de soepele witte stof golfde als ze liep en riep zo het idee van maanlicht op. Haar in het midden gescheiden haar viel in twee lange vlechten over haar schouders, met boven op haar hoofd de zilveren maansikkel. Haar gezicht en armen waren bepoederd en ze droeg een bescheiden beetje rouge zodat ze niet te bleek leek.

Julia kwam de kamer binnen en bekeek Selina van top tot teen. Selina vond dat Julia er heel charmant uitzag in haar melkmeisjeskostuum, met het geregen lijfje en de wijde rok, en dat zei ze ook tegen haar.

'Dank je. Jij ziet er ook leuk uit,' antwoordde Julia, maar ze leek er niet bij met haar hoofd.

'Zullen we naar beneden gaan?' vroeg Selina, en nadat ze haar masker had opgezet verlieten ze de kamer.

Mrs Thistlewaite wachtte hen op in de hal en Selina vroeg zich af wat die moest verbeelden. Ze was gekleed in een zwarte avondjapon.

'En wie bent u vanavond, mevrouw?' vroeg Selina. 'Ik ben een weduwe,' zei Mrs Thistlewaite. 'En jij, Selina?'

'Ik ben Selene, de Griekse godin van de maan.'

'Dus dat is dat ding op je hoofd; ik wist het niet precies. Ik hoop dat je er geen hoofdpijn van krijgt,' antwoordde

Mrs Thistlewaite. Selina hoopte dat dit niet de algemene reactie op haar kostuum zou zijn.

De drie dames liepen de trap af en ontmoetten Mr en Mrs Dalton aan de voet ervan.

'Selina,' zei Mrs Dalton, maar ze corrigeerde zichzelf meteen. 'Neem me niet kwalijk, Seléne. Je ziet er geweldig uit. Het kostuum is prachtig geworden.'

'Dank u wel mama. Ik ben er heel tevreden mee. U ziet er ook leuk uit.'

'Ja, nou ja, ze is tenminste niet verkleed als een heidense godin,' zei Selina's vader.

'Dank je, Richard,' zei Mrs Dalton, die zijn woorden maar als compliment opvatte. Hij rolde met zijn ogen, maar Selina was blij te zien dat hij erbij glimlachte.

Ze begon het bezwaar van haar vader tegen maskerades te begrijpen. Je voordoen als iemand anders had iets heel bevrijdends. De opwinding hing pulserend in de lucht, en ze had het gevoel dat er die avond van alles kon gebeuren.

Selina en haar ouders liepen door de verschillende kamers en verwonderden zich over de veranderingen die erin waren aangebracht. Toen ze hier voor het eerst aankwam, dacht ze al dat ze nog nooit zoiets chics had gezien als Hadley Hall, en vanavond overtrof het zelfs haar eerste indruk. Er hingen bloemenslingers rondom de pilaren in de hal, en aan de muren van twee van de kamers die aan de salon grensden waren doeken van satijn gehangen. Door het hele huis stonden brandende waskaarsen, en alle kandelaars waren schoongemaakt en opgepoetst zodat het kaarslicht door elk oppervlak werd weerkaatst.

Ze ging de salon binnen, die als danszaal werd gebruikt, en was zo afgeleid door haar omgeving dat ze in botsing kwam met een andere gast.

'Neem me niet kwalijk,' zei ze tegen deze persoon.

‘Ik ben het, een gewone sterveling, die de illustere Selene om vergiffenis zou moeten vragen,’ zei de man. Al snel herkende Selina de figuur als Mr Malcolm, ondanks zijn masker. Hij droeg een soort gewaad dat om een schouder geknoopt was en in het midden met een koord bijeengehouden werd. Selina zag gefascineerd dat die ene schouder helemaal bloot was, en hoopte maar dat haar vader niet even geschokt was als zij. Hij droeg een herdersstaf en sandalen, en Selina dacht dat als Endymion er in het echt ook zo uitgezien had, het volkomen begrijpelijk was dat Selene wanhopig verliefd op hem was geworden.

‘Ik vergeef het u,’ zei Selina koninklijk toen ze eenmaal bekomen was van haar verbazing.

‘Mag ik u dan misschien vragen of u mij de eer van deze dans wilt gunnen?’ zei Malcolm, en nadat hij zijn staf tegen een muur had gezet, leidde hij haar de dansvloer op.

Er klonk een wals en Selina was zo opgelucht dat ze eraan zou kunnen deelnemen zonder zichzelf te vernederen zoals de vorige keer, dat het even duurde voordat ze doorhad dat haar hand op zijn blote schouder rustte. Ze trok hem snel weg, maar Mr Malcolm pakte hem en legde hem weer terug.

‘De maangodin is toch zeker niet bang voor een man van vlees en bloed?’ zei Mr Malcolm.

‘Het is niet uw bloed waar ik bang voor ben,’ zei Selina, en hij schoot in de lach.

‘U vergeet dat u vanavond niet Selina Dalton bent,’ zei Mr Malcolm, en hij trok haar een beetje dichterbij.

‘En u vergeet dat mijn ouders daar bij die zuil naar ons staan te kijken,’ zei Selina, en ze zorgde ervoor dat er gepaste afstand tussen hen bleef.

‘Daar deed ik inderdaad hard mijn best op,’ antwoordde Mr Malcolm wat geërgerd.

Ze walsten een paar minuten in stilte en Selina had spijt dat ze de flirterige sfeer tussen hen had bedorven.

'En, gewone sterveling, hoe gaat het met uw schapen?' vroeg ze.

'Hoe gaat het met mijn schapen?' herhaalde Mr Malcolm.

'Neem me niet kwalijk, maar ik probeer te doen alsof u Endymion bent, en ik weet niet wat ik anders tegen een Griekse herdersjongen moet zeggen.'

'Vergeet dat ik een Griekse herdersjongen ben, en bedenk dat we geliefden zijn. Wat zou u dan tegen me zeggen?' vroeg Mr Malcolm.

'Ik heb al even weinig ervaring met geliefden als met Griekse herdersjongens,' zei Selina.

'Dat doet me genoegen,' zei Malcolm glimlachend. 'Maar kunt u niet doen alsof?'

'Nee,' zei Selina.

'Dan moet ik het zelf maar doen. Mijn godin, de maan kan niet wedijveren met uw glanzende verschijning vanavond.'

Selina zweeg even, voordat ze nerveus begon te giechelen.

'Wat is er zo grappig?' vroeg Malcolm haar.

'Het spijt me, maar is dat echt hoe geliefden met elkaar praten? Ik heb nog nooit zulke baarlijke nonsens gehoord. Ik geloof niet dat ik dat soort dingen met een uitgestreken gezicht zou kunnen zeggen.'

'Hoe is het mogelijk dat u eruitziet als de belichaming van de verleiding en dat u toch zo volkomen onromantisch bent. Ik snap er niets van,' zei Mr Malcolm, en hij schudde met gespeelde afkeuring zijn hoofd.

'Zie ik eruit als de belichaming van de verleiding?' vroeg Selina, verheugd over deze opmerking. 'Dat heeft nog nooit iemand tegen me gezegd.'

'Nou, zeg, dat mag ik hopen. Het is geen standaard compliment in beschaafd gezelschap.'

'U ziet er zelf ook nogal verleidelijk uit,' zei Selina wat verlegen. 'Toen ik u vanavond zag, begon ik de mythe bijna te geloven.'

'Ik dacht dat u het zo'n tragisch verhaal vond.'

'Is ook zo. Ik bedoelde het eerste deel van de mythe, waarin Selene zo verliefd wordt op de mooie jonge herder dat ze om zijn onsterfelijkheid vraagt. Ik zou het einde veranderen, zodat hij niet de hele eeuwigheid sliep.'

'Ik denk eerlijk gezegd niet dat hij al die tijd heeft geslapen. Want Selene en hij hadden samen naar verluidt vijftig dochters,' zei Mr Malcolm tegen Selina, en zelfs door zijn masker heen kon ze de ondeugende glans in zijn ogen zien.

'Het is maar een verhaal,' zei Selina.

'Dat is zo. Maar voor deze ene avond wil ik het geloven,' zei Malcolm.

Selina antwoordde niet en de rest van de dans werd in stilte doorgebracht, terwijl Mr Malcolm haar in duizelingwekkende cirkels de dansvloer rondwervelde. Selina verspilde geen tijd aan gedachten over een stel fictieve geliefden, nu er een maar al te echte man op luttele centimeters bij haar vandaan was. Ze merkte niet eens dat Julia en Mr Ossory vlakbij aan het walsen waren.

Julia was naar beneden gekomen in haar melkmeisjeskostuum en kwam bijna onmiddellijk een onstuimige piraat uit de vorige eeuw tegen, hoewel het even duurde voordat ze doorhad dat het Henry Ossory was. Het viel Henry op hoe aantrekkelijk het melkmeisje eruitzag, en ook hij aarzelde voordat hij haar voorzichtig kon thuisbrengen. 'Miss Thistlewaite?'

'Mr Ossory?' Julia bestudeerde hem even. 'Neem me niet

kwalijk, maar uw kostuum past totaal niet bij uw persoonlijkheid. Bijna net zo weinig als dat van Cassie bij hem past.'

'Ik weet niet hoe ik die opmerking moet opvatten. Vindt u me saai en doorsnee, niet mannelijk genoeg voor roekeloze avonturen?'

Julia haastte zich om hem gerust te stellen. 'Nee helemaal niet. Ik vind u zelfs behoorlijk mannelijk...' Ze zweeg, beschaamd en verlegen, wat anders niet in haar aard lag. 'Ik bedoel... Hoe kwamen we eigenlijk op dit onderwerp?'

'Dat was helemaal mijn schuld, hoewel ik geen spijt kan hebben van het onbedoelde compliment dat u me hebt gegeven. Wilt u misschien dansen?'

Julia en Henry gingen de dansvloer op, hoewel ze allebei hun tong verloren hadden. Mr Ossory dacht dat Miss Thistlewaite toch niet zo vervelend was als hij eerst dacht, en vond dat ze goddelijk danste, terwijl Julia probeerde te doen alsof de aanraking van Mr Ossory haar niets deed, ook al deed die haar wel degelijk iets. Het veroorzaakte een nerveus gefladder in haar dat ze nog nooit eerder had gevoeld. Ze was zo verdiept in deze opwindende sensaties dat ze opschrok toen haar partner naar Selina en Malcolm knikte en de stilte verbrak door tegen haar te zeggen: 'Zo te zien zullen binnenkort de bruiloftsklokken luiden.'

Julia, geschrokken van haar tumultueuze gevoelens bij de aanblik van het andere stel, trok zich snel terug uit Mr Ossory's armen zodra de muziek was afgelopen.

'Dank u, ik moet gaan.'

'Zou u misschien de dans voor het diner voor me willen bewaren?' vroeg Mr Ossory.

'Misschien,' zei Julia, maar ze liep al weg. Mr Ossory keek haar na, verbaasd dat haar stemming zo plotseling omgeslagen was.

Toen de muziek afgelopen was, stonden Selina en Mr Malcolm nog even in elkaars armen voor ze als in trance van de dansvloer af liepen. Daar werden ze opgewacht door Julia, die de betovering verbrak door te vragen of Selina even mee wilde komen naar haar kamer. Met tegenzin excuseerde Selina zich bij Malcolm.

'Als u terugkomt, wil ik graag weer dansen,' zei Malcolm. 'We zijn vanavond toch verkleed, dus als we meer dan twee dansen samen dansen heeft toch niemand dat door.'

'Ik denk dat iedereen wel weet wie u bent,' zei Selina. 'Maar ik zal nog minstens één dans voor u bewaren,' beloofde ze voor ze met Julia de danszaal verliet. Het irriteerde haar wel dat Julia hen gestoord had. Maar ze was zo gelukkig dat ze niet lang boos bleef. Ze wist zeker dat het liefde was geweest, die glans in Malcolms ogen terwijl ze samen dansten, en ze begon zich af te vragen of hij haar die avond nog ten huwelijk zou vragen. En als hij dat zou doen, wist ze absoluut zeker wat haar antwoord zou zijn.

'Waarom gaan we naar je kamer?' vroeg Selina, haar mijmeringen van zich af schuddend toen ze met Julia de trap op liep.

'Je moet me even helpen met mijn kostuum. Er zit volgens mij iets los.'

'Heb je Mr Ossory al gezien?' vroeg Selina, die even aan de romance van haar vriendin dacht.

'Ja, we hebben de vorige dans samen gedanst.'

'Vond hij je kostuum leuk?'

'Ik denk het. Hij zei er niet echt iets over,' antwoordde Julia. Haar vastberadenheid groeide toen ze bedacht dat zijn enige opmerking tijdens de dans Selina en Malcolm betrof. Toen ze bij Julia's slaapkamer waren, liet ze Selina voor zich uit haar kamer in lopen, bleef zelf op de gang staan, trok de deur dicht en deed hem achter Selina op slot.

'Julia?' riep Selina vanuit de donkere kamer. Eerst had ze niet door dat haar vriendin kwade bedoelingen had en vroeg ze zich alleen af waarom Julia de deur dichtgedaan had en hen in het donker liet staan. Maar na een paar keer roepen zonder dat er een reactie kwam en nadat ze de deur wilde openen en ontdekte dat deze op slot zat, besefte Selina wat er was gebeurd.

'Dat akelige nest!' riep Selina uit. Ze begon op de deur te bonzen en riep luid om hulp. Ze hield het minstens tien minuten vol, maar er kwam geen antwoord. De muziek uit de balzaal overstemde haar kreten, en al het personeel was die avond beneden, om gasten te bedienen of in de keukens te werken. Ze zocht op de tast naar een tondeldoos, vond er een op een tafel vlakbij en stak een kaars aan.

Toen de kamer verlicht was, zag ze een andere deur, die naar een aangrenzende kamer leidde, en probeerde die. Tot haar verbazing ging hij open. 'Dom kind,' zei Selina, terwijl ze door de andere kamer de gang in liep. Ze zou Julia weleens even vertellen wat ze van haar onvolwassen grap vond.

Julia was intussen de kamer van haar moeder binnengegaan, waar ze eerder die avond het Selene-kostuum had verstopt. Ze kleedde zich haastig om, zette de pruik op die een kopie van Selina's kapsel was en bedekte die toen met het maansikkelhoedje dat ze had laten namaken. Ze bekeek zichzelf in de spiegel en vond dat ze best voor Selina kon doorgaan in een zaal waar niet te veel licht was.

Julia kon Selina nog steeds om hulp horen schreeuwen toen ze de kamer verliet en de trap af ging. Ze zou snel te werk moeten gaan, voor het geval iemand Selina zou horen. Ze liep naar een lakei en gaf hem een briefje. 'Geef dit alstublieft aan Mr Malcolm. Het is van groot belang dat hij het onmiddellijk ontvangt,' zei ze tegen hem.

Toen liep ze snel naar de bibliotheek, want in het briefje had ze gevraagd of Mr Malcolm haar daar kon ontmoeten. Ze hoefde niet lang te wachten. Al stond ze net op het punt te vertrekken, omdat ze had besloten dat dit toch wel een heel slecht idee was en dat ze Selina moest gaan bevrijden, toen Mr Malcolm de kamer binnenkwam.

'Miss Dalton. Selína,' zei hij, en Julia werd getroffen door zijn bewonderende blik. Toen ze die vergeleek met de uitdrukking van bijna-minachting die hij altijd in haar bijzijn had getoond, vond ze alsnog dat haar daden te rechtvaardigen waren.

'Dit doet me denken aan onze eerste ontmoeting,' zei Malcolm. 'Behalve dat ik degene was die een stuk papier in mijn hand hield.' Hij liep naar waar zij stond, in de donkerste hoek van de kamer. 'Weet u nog wat u tegen me zei?'

Julia schudde haar hoofd.

'Hoe kunt u dat nou zo snel alweer vergeten zijn? Ik herinner me elk woord dat we ooit hebben gewisseld. Ik zei tegen u dat hoop geen nut had, en u was het niet met me eens. U zei dat u hoopte dat ik kreeg wat ik zocht. U had er geen idee van dat u het zelf was naar wie ik op zoek ben.'

Mr Malcolm zweeg even en pakte haar lege hand. 'Ik wilde wachten, in elk geval tot het einde van de logeerpartij, om er absoluut zeker van te zijn dat ik de juiste beslissing nam. Maar ik denk niet dat ik meer overtuigd kan raken dan ik al ben. Selina, wilt u me de eer bewijzen mijn vrouw te worden?'

Julia kon niet geloven dat Malcolm precies datgene zei wat nodig was voor haar plan. 'Het spijt me, dat kan ik niet,' zei ze fluisterend om haar stem te maskeren.

'Wat?' zei Malcolm, en hij keek geschrokken.

'Ik kan niet met u trouwen,' zei Julia.

‘Ik begrijp het niet. Ik dacht dat u mijn gevoelens beantwoordde.’

‘Ik zal niet ontkennen dat ik op u gesteld ben, maar ik kan niet met u trouwen. Want weet u, ik heb een lijst,’ zei Julia. Ze moest er goed op letten zachtjes te blijven praten, al had ze veel zin om het triomfantelijk uit te schreeuwen. Ze gaf hem het papier dat ze vasthield en keek toe terwijl hij naar een beter verlicht deel van de kamer liep om het te lezen.

Ze zag dat hij snel de lijst met de titel ‘Vereisten voor een echtgenoot’ doornam. Op één na waren alle punten afgevinkt. Ze meende aan zijn uitdrukking te kunnen zien dat hij nu bij dat punt aanbeland was. Het was: ‘Geeft anderen nooit het gevoel dat ze niet aan een onmogelijke norm kunnen voldoen.’

Toen hij eindelijk naar haar opkeek, de schok en pijn duidelijk zichtbaar op zijn gezicht, draaide ze zich om en liep haastig de kamer uit, zijn kreet dat ze moest wachten negerend.

Malcolm kon niet geloven wat hij in zijn handen hield. Nadat hij jarenlang over anderen had geoordeeld, verblufte het hem dat hij nu degene was die was gewogen en te licht bevonden. Ergens zat iemand hem nu heel hard uit te lachen, daar was hij zeker van. Hij bleef daar even verslagen staan en keek vol ongeloof naar Selina’s lijst, voordat hij besefte dat hij het niet op deze manier zou laten eindigen. Hij zou Selina ervan overtuigen dat hij aan alle eisen op haar lijst voldeed, zoals zij voldeed aan alle eisen op die van hem.

Selina haastte zich de trap af en liep de balzaal in. Ze zag Julia niet tussen de tientallen dansers, maar kwam wel Mr Ossory tegen.

'Miss Dalton, ik dacht dat u met Malcolm in de bibliotheek was.'

'Wat?' vroeg ze hem, terwijl ze nog steeds rondkeek naar Julia. 'Nou, ik mag er misschien niets van zeggen, maar Malcolm ontving uw briefje toen hij met mij stond te praten, dus hij vertelde me over dat jullie in de bibliotheek hadden afgesproken.'

'Ik had helemaal geen afspraak met Mr Malcolm...' begon Selina te zeggen en toen zweeg ze. Ze begon zich af te vragen of ze Júlia soms in de bibliotheek moest zoeken. Ze draaide zich om en verliet de balzaal, gevolgd door Mr Ossory.

'Miss Dalton, is alles wel in orde?' vroeg Mr Ossory toen ze de deur van de bibliotheek naderden, en er een vrouw in een exacte replica van Selina's kostuum de bibliotheek uit kwam rennen en de hal in liep.

Er viel een geschokte stilte toen Mr Ossory van de ene Selene naar de andere keek. Toen zei hij: 'Miss Thistlewaite, bent u dat? Waarom bent u verkleed als Miss Dalton?'

'Julia!' zei Selina. 'Wat is hier de bedoeling van?'

Julia probeerde zich langs hen heen te wurmen, maar Mr Ossory pakte haar bij haar arm. 'Ik denk dat u maar beter kunt uitleggen wat er aan de hand is, Miss Thistlewaite,' zei hij op strenge toon en met een al even streng gezicht.

'Selina,' hoorden ze Malcolm roepen vanuit de bibliotheek voordat ook hij zich bij hen voegde in de hal.

'Wat is dit?' vroeg Malcolm, toen hij de twee Selenes zag.

'We staan net te wachten totdat Julia dat aan ons uitlegt,' zei Selina tegen hem.

'Julia?' zei hij, terwijl hij de tweede Selene beter bekeek. 'Misschien kunnen we beter even teruggaan naar de bibliotheek,' zei Malcolm.

Ze gingen met z'n vieren naar de bibliotheek, terwijl Mr Ossory Julia meevoerde. Mr Malcolm stak nog een paar kaarsen aan, zette zijn masker af en keek aandachtig naar Julia, die naast Mr Ossory op een sofa was gaan zitten.

'Dus jij was het die mijn aanzoek zojuist heeft afgewezen, veronderstel ik,' zei Malcolm.

'Wat?' riep Selina uit. 'Julia, hoe kon je?'

Julia, die de drie anderen zo vol afkeuring naar haar zag kijken, trok haar masker af en barstte in huilen uit.

'En, Miss Thistlewaite?' vroeg Mr Ossory na een minuut of twee, blijkbaar onder de indruk van haar tranen.

'Het is zijn eigen schuld,' zei Julia en ze knikte in Malcolms richting. 'Hij wees me in het openbaar af, alleen maar omdat ik niet aan een eis op die vervloekte lijst van hem voldeed. Dus besloot ik dat ik hem eens zou laten voelen hoe het is om zo langs de meetlat te worden gelegd en afgewezen te worden. Ik heb hem voorgesteld aan Selina...'

'Selina! U wilt me toch niet vertellen dat u hier ook een rol in hebt gespeeld?' vroeg Malcolm.

'Nee, natuurlijk niet,' zei Selina, maar toen moest ze toch haar aangeboren eerlijkheid laten spreken. 'Dat wil zeggen, ik wist wel van de lijst, maar ik wilde niets te maken hebben met Julia's plannetje.'

'U wist van de lijst?' vroeg Mr Malcolm.

'Ja, maar u mag niet denken dat ik...' zei Selina.

Malcolm viel haar weer in de rede. 'Wanneer bent u erachter gekomen?'

'De dag dat ik naar de stad kwam, zei Julia het tegen me, maar u mag niet denken dat ik...'

'Wilt u me alstublieft niet vertellen wat ik wel en niet mag denken?' zei Malcolm, en Selina hield ontsteld haar mond. Zo had ze Malcolm nog nooit meegemaakt. Kil, onverzettelijk, boos. 'En wilt u alstublieft dat vervloekte masker afdoen? De tijd voor spelletjes is voorbij.'

Selina reageerde waardig. 'Ik heb me nooit anders voorgedaan dan hoe ik ben.'

'Dus u hebt niet tegen me gelogen toen u me vertelde dat u geen familie was van Mrs Covington?' vroeg Malcolm. 'Mijn god, wat ben ik een dwaas geweest. Ik had het toen al moeten zien,' zei hij, terwijl hij zijn hand door zijn haar haalde.

'Jeremy,' zei Selina, terwijl ze naar de plek liep waar hij stond en haar hand op zijn arm legde. 'Luister alstublieft naar me voordat u me veroordeelt.'

'En waarom zou ik u geloven? Blijkbaar hebt u me al die tijd voor de gek gehouden.'

Selina deinsde terug voor Malcolm alsof ze een klap had gekregen en ze zakte neer in de dichtstbijzijnde stoel. Mr Ossory voelde zich genoodzaakt voor haar op te komen. 'Jeremy, misschien moet je luisteren naar wat Selina te zeggen heeft.'

'O, dus jij zegt ook al "Selina"? Blijkbaar heeft ze jou al even grondig behekst als mij. Volgens mij ben jij niet de geschikte persoon om mij raad te geven. Zo, als jullie mij allemaal willen excuseren, er is een bal gaande dat mijn aandacht nodig heeft. Een gemaskerd bal, ironisch genoeg,' zei hij, en hij verliet de kamer.

Selina zat daar als versteend, en toen liep er een enkele traan over haar wang, die een pad trok over haar witbepoederde gezicht. Julia stond op van de bank en rende naar Selina's stoel, waar ze voor haar neerknielde. 'Selina, het spijt me zo. Zeg alsjeblieft dat je me wilt vergeven.'

Selina negeerde haar, stond op uit haar stoel en liep naar de deur. 'Neem me niet kwalijk,' zei ze, en ze verliet de kamer.

12

Julia bleef achter met een woedende Henry Ossory. 'Ik hoop dat u vanavond trots bent op uw gedrag,' zei hij tegen haar.

'Natuurlijk ben ik dat niet. Ik voel me absoluut vreselijk. Ik ben er misselijk van,' zei Julia, terwijl ze een hand op haar buik legde.

'En terecht. U hebt het leven van twee mensen volledig verwoest, en waarvoor? Een of andere domme wrok die u koesterde jegens Malcolm.'

'Het was inderdaad dom,' zei Julia droevig. 'Zo vreemd... het voelde eerst alsof het echt heel erg serieus was.'

Henry begon een piezeltje medeleven met Julia te krijgen. Ze zag er zo ellendig uit, haar neus rood van het huilen, haar haar warrig door de pruik die op enig moment tijdens de verhitte discussie die net had plaatsgevonden, was afgezet. Zo beroerd had ze er volgens Henry nog nooit uitgezien. Ze zag hem naar haar kijken en deed een vruchteloze poging om haar haar glad te strijken.

Hij glimlachte heel even naar haar, wat het tegenovergestelde effect had van wat hij had bedoeld. Hij was nogal verrast toen ze zich snikkend tegen zijn borst wierp. Hij begon kalmerende geluiden te maken en klopte op haar hoofd, in een poging niet stil te staan bij het feit dat die Grieken blijkbaar weinig ondergoed droegen.

Toen haar snikken overgingen in zo nu en dan een hik,

begon hij zich af te vragen of hij harteloos overkwam als hij haar nu van zich af zou duwen. Hoe langer hij haar vasthield, des te ongemakkelijker begon hij zich te voelen. Hij wilde uitgerekend over Julia Thistlewaite beslist geen wellustige gedachten hebben.

Dus was hij opgelucht toen ze zich eindelijk terugtrok en zich verontschuldigde voor de natte plek die ze op zijn jas had achtergelaten.

'Geen punt,' zei hij, zich afvragend of hij nu eindelijk afscheid van haar kon nemen. Maar ze stond nog steeds op amper tien centimeter afstand, met haar hoofd gebogen, in een houding die totaal anders was dan men gewend was van de ongenaakbare Miss Thistlewaite, en hij vond het onbeleefd haar in zo'n toestand achter te laten.

'En het spijt me u hier ook bij te betrekken. Ik kan me voorstellen dat u en Selina nu alsnog zullen trouwen,' zei ze terwijl ze naar hem opkeek.

'Ach, ik weet het niet,' zei hij. 'Het is misschien niet te laat voor haar en Malcolm.'

'Maar u bewondert Selina,' zei Julia. 'Wilt u dan niet dat ze vrij is?'

'Ze zal niet vrij zijn als ze verliefd is op iemand anders.'

Julia slaakte een zucht. 'Leek ik maar meer op Selina. Iedereen houdt van Selina. Het is om woest van te worden,' zei Julia, zodat ze alweer meer zichzelf leek.

Het leek Henry dat Julia het wel zou overleven. 'Als u mij wilt excuseren, Miss Thistlewaite...'

'O, natuurlijk. Gaat u maar. Ik blijf hier om al mijn zonden te overdenken.'

Henry liep naar de deur, maar draaide zich weer om toen hij Julia's stem hoorde vragen: 'Mr Ossory, denkt u dat Selina het me ooit zal vergeven?'

'Ik weet het niet,' zei Henry ernstig.

Julia knikte en met opgeheven hoofd veegde ze verwoed een traan weg.

Julia klopte zachtjes op Selina's deur. 'Selina?' riep ze. Er kwam geen antwoord, dus probeerde ze aan de knop te draaien, niet echt verbaasd toen de deur op slot bleek te zitten. Ze klopte nog eens.

'Ga weg,' hoorde ze Selina zeggen.

'Selina, doe alsjeblieft de deur open.'

'Nee.'

'Ik ga niet weg voordat je deze deur opent.'

Het bleef even stil terwijl Julia wachtte. Er gebeurde niets, dus klopte ze nog eens aan. Toen ging de deur snel open.

'Zo, de deur is open. Ga nu maar weer weg,' zei Selina, en ze deed de deur weer dicht.

'Dat is niet wat ik bedoelde en dat weet je best,' zei Julia, terwijl ze aan de deurknop draaide en ontdekte dat hij deze keer niet op slot zat. Ze ging de kamer binnen en liep naar de vensterbank waar Selina nietsziend de duisternis in zat te staren.

Nu ze binnen was, had Julia geen idee wat ze moest zeggen. Ze kon haar daden op geen enkele manier recht praten; ze had zich verachtelijk gedragen. Ze bleef even staan en vroeg zich af of ze weg moest gaan, toen Selina zich eindelijk omdraaide en haar aankeek.

'Als je je soms afvraagt of je me wel of niet in de kamer moet opsluiten, dan kan ik je verzekeren dat ik niet van plan ben nog terug naar beneden te gaan. Dus mocht je dat willen dan staat het je vrij om je tot morgenochtend als mij voor te doen.'

'Natuurlijk ben ik niet van plan je op te sluiten in je kamer,' zei Julia, maar ze aarzelde onder Selina's vernietigende blik. 'Selina, het spijt me zo. Ik weet niet hoe ik je duidelijk moet maken hoezeer het me spijt.'

'Doe geen moeite. Ik wil het toch niet horen,' zei Selina.

'Je hebt het volste recht om me te haten. Ik haat mezelf ook. Ik had weken geleden naar je moeten luisteren. Maar ik was zo jaloers op je,' zei Julia.

'Waar heb je het over? Je deed dit toch omdat je wraak wilde nemen op Mr Malcolm?'

'Ik weet niet waarom ik het heb gedaan. In eerste instantie wilde ik Mr Malcolm vernederen, maar later wilde ik ook jouw kansen bij hem verpesten. Ik kon het niet verdragen dat jij succes had, terwijl ik had gefaald.'

'Je zult wel tevreden zijn met jezelf nu je mijn hoop op geluk met Mr Malcolm hebt verwoest, kan ik me zo voorstellen.'

'Dat is juist het vreemde; ik ben absoluut niet tevreden,' zei Julia.

Selina zuchtte. 'Het doet er volgens mij niet echt toe waarom je het hebt gedaan; het is nu te laat om de zaken te veranderen.'

'Dus je vergeeft me?'

'Desnoods, als je maar weggaat,' zei Selina.

'Nee, we moeten bedenken hoe we dit kunnen oplossen,' zei Julia, terwijl ze een voetenbankje naar Selina toe sleepte en aan Selina's voeten ging zitten.

Selina kreunde van ergernis en bonkte lichtjes met haar hoofd tegen het raam. 'Waarom laat je me niet alleen met mijn verdriet?'

'Omdat ik niet wil dat je verdrietig bent. Ik wil dat je gelukkig bent,' zei Julia.

Selina bestudeerde Julia's ernstige gezicht en besefte dat ze oprecht meende wat ze zei. 'Blijkbaar zijn we allebei voorbestemd voor teleurstelling,' antwoordde Selina.

'Mr Malcolm houdt van je, Selina,' zei Julia tegen haar. 'Ik kan het weten. Ik was erbij toen hij zijn aanzoek deed.'

'Als je wilt dat ik je vergeef, zou ik daar maar niet meer over beginnen,' zei Selina.

'Mijn punt is dat als hij van je houdt, hij je zeker zal vergeven wanneer hij de hele waarheid kent. En ik ben van plan hem die te vertellen.'

'Je vergeet dat hij ons allebei leugenaars en bedriegers vindt. Hij zal niet geloven dat je hem de waarheid vertelt.'

Julia keek even perplex, maar toen verscheen er een triomfantelijke uitdrukking op haar gezicht. 'Cassie,' zei ze.

'Wat is er met Cassie?'

'Cassie zal het hem vertellen. Mr Malcolm zal Cassie geloven. En Cassie kent het hele verhaal.'

'Dus je wilt zeggen dat mijn toekomstige geluk in de handen van Cássie ligt?' vroeg Selina.

'Ja, dat is wat ik wil zeggen, al kan ik het zelf ook nauwelijks geloven.'

Selina haalde haar schouders op, moe van de hele discussie. 'Hij mag het best proberen, maar ik betwijfel of hij erin zal slagen. Ik heb nog nooit een man zo vol walging zien kijken als Mr Malcolm vanavond.'

'Hij komt er wel overheen,' verzekerde Julia Selina. 'Hij moet wel.'

Julia liet Selina alleen en trok haar melkmeisjeskostuum weer aan. Ze probeerde haar haar te fatsoeneren, maar zonder de hulp van haar dienstmeisje, dat ze al voor de avond vrij had gegeven, viel haar dat niet mee. Ze besloot dat melkmeisjes waarschijnlijk niet al te moeilijk deden over hun uiterlijk, en haastte zich naar beneden, de balzaal in om Cassie te zoeken. Ze vond hem meteen, staande tegen een pilaar, kijkend naar het dansen. Ook al was het nog geen tijd voor het démasqué, ze zou die lange, slungelige figuur overal hebben herkend, zelfs als hij, zoals nu, gehuld was in een soort laken.

'Cassie,' zei Julia. 'Ik moet je spreken.'

'Weet je, Julia, ik begrijp niet waarom jullie dames zo klagen over het dragen van jurken. Dit is een stuk comfortabeler dan een kniebroek, kan ik je vertellen. En als ik loop voel ik zo'n heerlijk verfrissend briesje...'

'Cassie! Ik ben hier niet gekomen om de voordelen van dameskleding met je te bespreken! Ik moet serieus met je praten over Mr Malcolm en Selina.'

'Ah. Ik snap het. Het is eindelijk tot je doorgedrongen dat jouw plannetje geen zin heeft, nutteloos is. Tja, dat had ik je zo wel kunnen vertellen. Ik zag meteen vanaf het begin al dat Malcolm en Selina perfect bij elkaar passen. Ik kan me voorstellen dat dat een beetje steekt. Je wilde Malcolm vernederen, maar je overhandigde hem de perfecte vrouw op een presenteerblaadje.' Cassie grinnikte enigszins in zichzelf en mompelde: 'Terwijl jij zo nodig poëtische gerechtigheid wilde.'

'Nou, Cassie, het doet me pijn het te moeten toegeven, maar je had gelijk over die twee, en ik had het mis. Ik heb er bovendien een onvoorstelbare puinhoop van gemaakt en heb je hulp echt nodig.'

Cassie keek Julia wat achterdochtig aan en vroeg zich af of ze meende wat ze zei. Zulke woorden had hij nog nooit uit de mond van zijn nicht gehoord. Toen hij besloot dat ze oprecht was, veranderde zijn ontspannen houding en sprak er berusting uit zijn blik. 'Wat heb je nou weer gedaan?' vroeg hij.

Terwijl Julia de situatie aan Cassie uitlegde, kwam Mrs Dalton naar hen toe en vroeg of ze Selina hadden gezien.

'Ik geloof dat ze in haar kamer is,' zei Julia, die er hoogst ongemakkelijk bij keek.

Door Mrs Daltons vorsende blik wist Julia zeker dat die haar van wangedrag verdacht en ze was dan ook opgelucht toen Mrs Dalton haar alleen bedankte en de zaal verliet.

Mrs Dalton vroeg zich af waarom het meisje Thistlewaite zo schuldbewust had gekeken en hoopte dat ze niets onheilspellends over Selina wist. Mrs Dalton had opgewekt toegekeken hoe haar dochter de eerste wals met haar gastheer danste, maar kort daarna was Selina verdwenen en was Mr Malcolm teruggekomen in de balzaal met een blik op zijn gezicht waar room acuut zuur van zou worden. Vervolgens had hij gedanst met talloze sultanes en zigeunermeisjes, lachend en flirtend op een manier die totaal in strijd leek met zijn normale waardige terughoudendheid.

Mrs Dalton, die een wijze vrouw was, kon alleen maar concluderen dat hij ruzie had gehad met haar dochter, en nadat ze bijna een uur had gewacht tot Selina weer zou terugkeren, besloot ze naar haar op zoek te gaan. Ze was net met haar zoektocht begonnen toen ze bij toeval Julia en Cassie tegenkwam, en hun advies opvolgend, naar de kamer van haar dochter liep.

Ze klopte zachtjes op de deur, maar toen er geen antwoord kwam, opende ze de deur en gluurde naar binnen, Selina's naam roepend.

'Wat is er?' hoorde Mrs Dalton haar dochter zeggen, al kon ze Selina zelf nog steeds niet zien, omdat de bedgordijnen haar aan het zicht onttrokken.

Mrs Dalton liep de kamer in en deed de deur achter zich dicht. 'Ik ben het, Selina, je moeder,' zei ze, terwijl ze naar Selina toe liep. Die zat ineengedoken op bed en het was duidelijk dat ze had gehuild. 'Ach kindje, toch,' zei haar moeder, die naast haar kwam zitten en haar in haar armen nam. Selina begon hevig te huilen terwijl haar moeder haar wiegde, zoals ze altijd deed toen Selina nog een klein kind was.

Eindelijk wist Cassie Malcolm apart te nemen in de beeldengalerij, die werd gebruikt als ruimte voor drankjes en hapjes. Hij had ongeduldig staan wachten tot Malcolm klaar was met dansen, maar het leek erop dat zijn doorgaans zo kieskeurige vriend deze avond had uitgekozen om iedere vrouw in het hele graafschap ten dans te vragen, en pas toen een van Malcolms partners even iets wilde drinken, had Cassie hem voor zich alleen.

'Malcolm, ik moet met je praten,' zei Cassie tegen zijn vriend.

'Je praat toch,' zei Malcolm.

'Nee, ik bedoel een serieus gesprek. Alleen.'

'Het spijt me, goede vriend, maar dit is een bal. Op een bal is een serieus gesprek niet toegestaan. Als je een serieus gesprek had gewild, had je naar een dinertje moeten gaan, al betwijfel ik eerlijk gezegd of je daar aan je trekken zou komen,' zei Malcolm, terwijl hij een glas pakte en zich omdraaide om de ruimte weer te verlaten.

'Malcolm, dit is belangrijk. Luister alsjeblieft naar me. Het kost je hooguit tien minuten.'

Malcolm draaide zich om en keek weer naar zijn vriend, wiens gebruikelijke, weinig veeleisende uitdrukking had plaatsgemaakt voor een vastberaden blik. Hij zuchtte en knikte. 'Laat me dit dan naar Miss Madison brengen en dan zie ik je in de bibliotheek. Hoewel ik had gehoopt daar vanavond niet meer te hoeven komen.'

Cassie was er zeker van dat zijn vriend zich minder onverzoenlijk zou opstellen tegenover Selina als hij het hele verhaal had gehoord, maar Malcolm bleek onvermurwbaar.

'Ik begrijp niet waarom je me dit vertelt,' zei Malcolm, toen Cassie klaar was met zijn uitleg.

'Ik probeer je duidelijk te maken dat het niet de schuld van Miss Dalton is, maar die van Julia. Miss Dalton was vanaf het begin tegen de hele schertsvertoning. Vooral nadat ze jou had ontmoet, zei ze opnieuw tegen Julia dat ze niet betrokken wilde worden bij haar plan. Ik zou zo denken dat het je wel duidelijk zou zijn dat Julia degene is die je wilde vernederen, niet Miss Dalton.'

'Je hebt wel lef om namens Miss Dalton te komen smeken nadat je met hen hebt samengespannen om een spelletje met mij te spelen,' zei Malcolm, die Cassie nogal onvriendelijk aankeek.

'Ik híélp je, maar blijkbaar ben je niet slim genoeg om dat te zien. Het is waar dat het Julia's doel was om je te vernederen. Ik wist daarentegen vanaf het begin dat Miss Dalton geknipt was voor jou.'

'Of je nu wel of niet van mening was dat je me hielp, het is een feit dat Miss Dalton informatie gebruikte die ze van jou had gekregen over wat ik zocht in een vrouw om die vrouw te worden. Dus ik ken haar ware karakter helemaal niet.'

'Dat is niet waar! Ze besteedde helemaal geen aandacht aan wat Julia en ik haar vertelden. Als ze naar ons had geluisterd, zou ze jou waarschijnlijk nooit opgevallen zijn.'

'Dus wat je zegt is dat ze nog slimmer is dan jij en Julia.'

'Nee! Dat is niet wat ik zeg. Dat wil zeggen, ze is waarschijnlijk wel slimmer dan Julia en ik, maar...' Cassie haalde geïrriteerd een hand door zijn haar, waardoor zijn lauwerkrans scheef over zijn oren zakte. 'Potdorie man, je verdraait mijn woorden de hele tijd. Wat ik probeer te zeggen is dat Selina Dalton de juiste vrouw voor jou is, Malcolm, en als je deze kans verpest, zul je er de rest van je leven spijt van krijgen.'

'Ik waardeer je bezorgdheid, maar nergens op mijn inmiddels beruchte lijst staat bedrog, leugenachtigheid of gekonkel vermeld. Ik ben niet langer geïnteresseerd in Miss Dalton en kan alleen maar betreuren dat ik ooit het slachtoffer ben geworden van haar spelletje.'

Malcolm stond op en liep naar de deur. 'Excuseer mij alsjeblieft. Ik heb Miss Madison de volgende dans beloofd.'

'Ik hoop dat je struikelt en die verdomde harde kop van je breekt,' mompelde Cassie.

'Dat hoorde ik heus wel,' riep Malcolm terug toen hij net de deur uit was.

'Mooi zo!' antwoordde Cassie.

Julia en Mr Ossory hadden ongeduldig gewacht tot Cassie klaar was met Malcolm. Toen ze Malcolm zagen terugkeren naar de balzaal, haastten ze zich naar de bibliotheek.

'En?' vroeg Julia toen ze binnenkwam.

Cassie keek op en Julia's hoop verdampte toen ze zijn gezicht zag. Ze plofte weinig elegant op een sofa. 'Wat is er gebeurd?' vroeg ze.

'Hij wilde geen woord horen ter verdediging van Miss Dalton. Ik heb hem het hele verhaal verteld, en nu denkt hij dat Miss Dalton van plan was hem in de val te lokken.'

'Hij verdient Selina helemaal niet,' zei Julia, maar toen viel haar blik op Mr Ossory, die klaarstond om Mr Malcolms plaats in te nemen, en ze besloot snel bij zichzelf dat Selina toch echt beter af zou zijn met Mr Malcolm.

'Ik begrijp niet waarom Jeremy zich zo onbarmhartig gedraagt,' zei Mr Ossory.

'Mij verbaasde het ook. Ik heb Malcolm nooit zo onredelijk meegemaakt,' zei Cassie. 'Tenminste, op die ene keer op Eton na, tijdens een potje cricket...'

Julia onderbrak meedogenloos Cassies herinneringen. 'Misschien is hij nog steeds gekwetst,' zei ze. 'We verwachten waarschijnlijk te snel dat hij er weer bovenop is. Ik weet zeker dat hij morgen weer aanspreekbaar zal zijn. Als hij eenmaal tijd heeft gehad om na te denken over wat Cassie hem heeft verteld, zal hij zeker beseffen dat hij onredelijk is.'

Mrs Dalton vertelde Selina op dat moment iets soortgelijks. 'Mijn liefje, morgen ziet het er vast beter uit. Uit wat je mij vertelt maak ik op dat Mr Malcolm lelijk is behandeld door degenen die hij dacht te kunnen vertrouwen. Ik heb het niet over jou, Selina,' haastte Mrs Dalton zich te zeggen, toen Selina keek alsof ze wilde protesteren. 'Ik bedoel Lord Cassidy en Miss Thistlewaite. Het is vast niet prettig te ontdekken dat gasten in je eigen huis achter je rug om dergelijke plannen beramen. Ik weet zeker dat als Mr Malcolm eenmaal bijgekomen is van zijn aanvankelijke schok, hij milder over jou zal denken.'

'Denkt u dat echt, mama? Want ik geloof niet dat ik het zou kunnen verdragen als hij nog eens naar me keek zoals hij dat vanavond deed. Alsof ik ongedierte was dat onder een rots vandaan gekropen was.'

'Je overdrijft, dat kan niet anders. Maar hoe dan ook, ik denk dat hij morgenochtend anders naar je zal kijken.'

Maar de volgende ochtend was Malcolm nergens te bekennen. Selina dacht dat hij vast uit zou slapen omdat het laat geworden was, maar omdat ze zelf niet kon slapen, was ze vroeg opgestaan om te ontbijten. Al snel kreeg ze gezelschap van Julia, Henry, Cassie en Mrs Dalton, die allemaal erg hongerig of extreem langzame eters waren. Ze treuzelden allemaal aan het ontbijt tot de klok elf uur sloeg en er nog steeds geen spoor te bekennen was van Mr Malcolm.

Tijdens de lunch verscheen hij eindelijk, maar zijn masker was nog verhullender dan de vorige avond. Hij deed beleefd tegen Selina, maar er was geen warmte meer in zijn blik of toon toen hij haar aansprak.

Ze besloot dat het maar het beste zou zijn dat ze Hadley Hall verliet. Het was duidelijk dat Mr Malcolm niet meer om haar gaf. Zijn uitdrukking was nu zo compleet anders dan toen ze samen waren vlak voor het debacle van gisteravond, dat het volkomen duidelijk was dat alle tedere gevoelens die hij ooit voor haar had gekoesterd verdwenen waren.

'Mr Malcolm, ik wil u en Lady Kilbourne bedanken voor uw vriendelijke gastvrijheid, maar ik denk dat het tijd wordt dat mijn ouders en ik afscheid nemen. We gaan morgenochtend terug naar Sussex,' zei Selina. Ze was verrast te zien dat haar moeder heftig haar hoofd schudde.

'Het spijt me, Selina, ik weet dat we hebben gesproken over weggaan, maar ik heb het gevoel dat ik nog niet weg kan. Ik werd deze ochtend wakker met een kriebel in mijn keel. Ik denk dat ik misschien verkouden ben.' Mrs Dalton negeerde de verbijsterde blik van haar dochter en wendde zich tot Mr Malcolm. 'Ik vrees, mijnheer, dat we nog wat langer van uw gastvrijheid gebruik moeten maken.'

'Dat is geen enkel probleem, Mrs Dalton. Blijf alstublieft zo lang als u wilt. Mij maakt het niets uit,' zei Malcolm beleefd genoeg, maar zijn woorden staken Selina, die voelde dat hij er zijn totale onverschilligheid jegens haar mee wilde onderstrepen.

'Nou, in dat geval, mama, ga ik misschien met de Thistlewaites mee terug naar de stad. Ik weet zeker dat die graag naar huis willen. Is het goed, mevrouw, als ik dan nog een week bij u verblijf?' vroeg Selina aan Mrs Thistlewaite.

'Ja natuurlijk...' zei Mrs Thistlewaite, maar ze werd onderbroken door haar dochter.

'Het spijt me, Selina, maar mama en ik zijn nog niet klaar om terug te gaan. Ik vind het zo ontspannend hier op het platteland. Ik keer nog niet graag terug naar de drukte van de stad.'

Selina keek haar vriendin gefrustreerd aan, en bedacht dat ze gisteravond te haastig was geweest met haar vergiffenis schenken. 'Goed. Het lijkt erop dat ik toch nog wat langer op Hadley Hall zal blijven,' zei Selina.

'Ik hoop dat u geniet van de rest van uw verblijf,' zei Mr Malcolm, al wist hij natuurlijk best dat Selina er geen minuut van zou genieten als hij haar bleef aankijken alsof ze een vreemde was, een heel onaangename vreemde, bovendien.

'Ik vind het geweldig dat je blijft, kindje,' zei Lady Kilbourne, en zij klonk in elk geval oprecht. Selina draaide zich om en schonk haar een glimlach en zag tot haar verrassing dat Lady Kilbourne haar aankeek met alle warmte waaraan het haar zoon ontbrak.

13

Selina ging na de lunch naar de bibliotheek. Als ze dan toch nog een paar dagen in dit vervloekte huis moest blijven, zou ze de tijd doorbrengen met op haar kamer lezen. Op die manier zou ze haar gastheer zeker niet hoeven zien. Ze was dan ook geschokt toen ze hem in de bibliotheek aantrof.

'O, neem me niet kwalijk,' zei ze toen ze hem in een stoel met hoge rugleuning bij de niet-brandende haard zag zitten. Ze draaide zich om en wilde vertrekken.

'U hoeft niet weg. Ik neem aan dat u iets zocht in de bibliotheek,' zei hij terwijl hij opstond uit zijn stoel.

Ze bleef op de drempel staan en keek hem over haar schouder heen aan. 'Ik was op zoek naar een boek, maar ik kan later terugkomen.'

'U bent hier nu toch. U kunt net zo goed nu uw boek pakken.'

Selina liep naar de boekenkast, maar kon zich moeilijk op de titels concentreren, en de stilte leek eindeloos te duren. Ze vermoedde dat Malcolm het ook ongemakkelijk vond, want hij schraapte zijn keel voordat hij een onschuldige vraag stelde.

'Dus u houdt van lezen, Miss Dalton?'

Ze stopte met het bestuderen van boektitels om hem aan te kijken. 'Ik heb u al eerder verteld dat ik graag lees, zoals u zich misschien herinnert.'

'Ah, ja. Ik herinner me inderdaad dat u ooit zei dat u het leuk vond om te lezen, maar ik heb gemerkt dat mensen soms dingen zeggen die ze niet echt menen.'

'Die gewoonte heb ik niet,' zei Selina. Toen hij haar alleen maar spottend aankeek, herinnerde ze zich dat ze niet de waarheid over Gertie had verteld en draaide ze zich weer om naar de boekenkast en trok blindelings een boek uit de kast. Ze keerde zich snel weer om en wilde weggaan, maar Malcolm hield haar tegen door het boek vast te pakken en om te draaien zodat hij de titel kon lezen.

'Poëzie, Miss Dalton? Dus u bent een romanticus? Ik zou u toch eerder als pragmaticus hebben bestempeld,' zei hij. Ze keek naar zijn hand, slechts enkele centimeters van de hare, verbonden door het boek dat ze allebei vasthielden.

Selina trok het boek los. 'Dat zal ik voortaan ook zeker zijn. Ik heb onlangs geleerd dat het een vergissing is om romantische illusies te koesteren. De werkelijkheid heeft de gewoonte om tussenbeide te komen, en die kan behoorlijk pijnlijk zijn.'

'Ik veronderstel dat u met de werkelijkheid de waarheid bedoelt. Het is moeilijk om vast te houden aan onze romantische illusies in het licht van de bittere waarheid, nietwaar?'

'Of in het licht van wat andere mensen als waarheid zien.'

Malcolm glimlachte alleen maar en Selina was teleurgesteld dat de intensiteit uit zijn ogen was verdwenen; zijn gezicht nam weer het beleefde masker aan dat het de hele middag had gedragen. 'U bent heel slim, dat moet ik u nageven,' zei hij.

'Vindt u dat?' vroeg Selina. 'Volgens mij ben ik juist heel dom geweest.'

'Bravo,' zei Malcolm licht applaudisserend. 'U speelt de

rol van gekwetste geliefde inderdaad uitstekend. Bijna even goed als uw vorige rol.'

Selina wilde hem van repliek dienen, maar ze merkte dat ze nauwelijks lucht kreeg, en ze was bang dat ze zou gaan huilen als ze nu iets zei, en dat weigerde ze, in het bijzijn van Mr Malcolm. Dus ze liep gewoon de bibliotheek uit en liet hem daar alleen achter.

Tegen etenstijd die avond had Selina besloten dat het maar het beste zou zijn om helemaal niet met Mr Malcolm te praten. Omdat hij haar ook leek te negeren, was dit geen moeilijke opdracht. De rest van het gezelschap probeerde te doen alsof er niets ongewoons aan de hand was. Vooral Lady Kilbourne en Mrs Dalton deden dappere pogingen om een gesprek te voeren, maar het was duidelijk dat er een sombere sluier over de avond hing. Lady Kilbourne, Mrs Thistlewaite en Mr en Mrs Dalton speelden een ongemotiveerd spelletje whist na het eten, maar Mrs Dalton had nauwelijks een idee welke kaarten ze in haar hand had. Cassie, Julia en Henry Ossory zaten in een hoek van de salon en keken naar Selina die deed alsof ze haar boek las, terwijl Malcolm brieven schreef.

'We moeten iets doen,' fluisterde Julia tegen haar twee handlangers.

'Volgens mij is dit hele debacle juist zo begonnen,' zei Cassie.

Julia wilde antwoorden, maar onderschepte een waarschuwende blik van Mr Ossory en besloot zo nobel te zijn om de opmerking van haar neef te negeren. 'Mr Ossory, wat als u eens wat aandacht aan Selina zou schenken? Mr Malcolm was eerder ook al jaloers op u. Misschien werkt het nu weer.'

'Ik weet niet of dat wel zo'n goed idee is,' zei Henry kritisch.

'Waarom vraag je míj niet of ik Miss Dalton wil opvrolijken?' vroeg Cassie. 'Ik zou dat met alle plezier doen.'

'Doe niet zo absurd. We willen Malcolm jaloers maken, niet misselijk,' zei Julia minachtend, voordat ze zich weer tot Henry wendde. 'U hoeft alleen maar te doen alsof. En dat zal u niet zoveel moeite kosten, want u hebt zelf toegegeven dat u haar bewondert.'

Henry kon niet uitleggen waarom, maar om de een of andere reden maakte Julia's verzoek hem boos. Toch stemde hij met tegenzin in en hij liep naar Selina die op de sofa zat, en vroeg haar luid genoeg zodat Malcolm het zou horen of ze een wandeling door de tuinen wilde maken. Hij keek naar Julia voor goedkeuring en vroeg zich af waarom hij werd beloond met een woedende blik, want hij had alleen maar gedaan wat hem was opgedragen.

Omdat Henry naar Julia keek, miste hij Malcolms reactie op zijn verzoek. Zo niet Selina. Ze zag Malcolm met een lichte frons opkijken van zijn brieven, voordat hij zijn blik liet zakken toen hij zag dat Selina een blik in zijn richting wierp.

'Ik zou graag een eind met u wandelen, Mr Ossory,' antwoordde Selina op dezelfde luide toon die Henry had gebruikt bij zijn verzoek.

Ze was verrast toen Henry een beetje teleurgesteld leek omdat ze inging op zijn uitnodiging, en zag hem toen naar Julia kijken, die er ook teleurgesteld uitzag. 'Misschien wil Julia ook mee,' zei Selina op zachtere toon. Zowel Henry als Julia leek op te fleuren bij die suggestie, maar Julia sloeg de uitnodiging beleefd af, en Henry en Selina vertrokken.

Eerst hing er een gespannen stilte tussen hen, en was het enige geluid het grind dat onder hun voeten knerpte. Selina verbrak uiteindelijk de stilte en vroeg: 'Ik dacht dat we hadden afgesproken om vrienden te worden, Mr Ossory.'

'Wat? O, natuurlijk,' zei Henry. 'Het is alleen...'

'Nu Mr Malcolm niet langer in mij geïnteresseerd is, bent u bang dat ik verwacht dat u voldoet aan de wens van uw tante dat wij gaan trouwen, is dat het?'

'Nou ja, een week geleden zou ik dat niet erg hebben gevonden, maar nu...'

'Nu voelt u zich aangetrokken tot Julia?' opperde Selina toen Henry zijn zin niet af kon maken.

'Nee, helemaal niet!' zei Henry. 'Tenminste, misschien een beetje, maar dat wil niet zeggen dat ik met haar ga trouwen. Hoewel ik niet zeg dat ik niet met haar zou willen trouwen.'

Selina moest lachen. 'Nou, zolang u maar duidelijk weet wat u zelf wilt.'

Henry glimlachte spijtig. 'Ik lijk wel gek. Ik begrijp het zelf niet eens. Nog geen week geleden mocht ik Miss Thistlewaite totaal niet.' Hij klonk oprecht verward, en Selina lachte weer.

'Ik denk dat haar omgang met u de betere kwaliteiten in haar naar voren haalt,' zei ze tegen hem.

'Ik hoop het. Ik moet zeggen dat ik gisteravond erg geschokt was door haar gedrag. Maar ik geloof toch dat ze er oprecht spijt van heeft.'

'Dat ben ik met u eens. En ik kan het haar niet al te erg kwalijk nemen, want het heeft me doen inzien hoe Mr Malcolm werkelijk is. Ik denk nu dat Julia zijn karakter misschien beter doorzag dan ik.'

Henry schudde zijn hoofd. 'Het spijt me u te moeten tegenspreken, Miss Dalton, maar ik denk dat u het bij het verkeerde eind hebt. De acties van Miss Thistlewaite werden ingegeven door egoïsme en trots. Ze wilde Malcolm nooit echt leren kennen. Ik denk dat u wel degelijk de echte Malcolm hebt leren kennen. En ik denk dat zijn gedrag nu een reactie is op de enorme wond die hij heeft opgelopen.'

'Ja, de wond aan zijn trots,' zei Selina.

'Misschien is zijn trots gekrenkt, maar ik denk dat het dieper gaat dan dat. Hij wilde met u trouwen. Dat geeft de diepte van zijn gevoelens toch wel aan.'

Selina zuchtte. 'Dat dacht ik eerst ook, maar de manier waarop hij nu naar me kijkt, de manier waarop hij tegen me praat!'

'Het is nog maar één dag geleden. Geef hem de tijd.'

'Ik heb niet echt een keus, of wel? Mijn moeder en Julia hebben mijn pogingen om te vertrekken gedwarsboomd.'

'Dat hebben ze alleen in uw belang gedaan.'

'En is dat ook de reden waarom u nu met mij uit wandelen bent?' vroeg Selina.

'Nou, om u de waarheid te zeggen had Miss Thistlewaite het voorgesteld. Ze dacht dat Malcolm jaloers zou worden als ik u wat aandacht zou geven. Maar ik vind het ook gewoon heel prettig om met u te wandelen.'

'Maar u wandelt liever met Julia.' Selina legde hem het zwijgen op toen hij protesteerde. 'Het is helemaal in orde. Ik moet toegeven dat ik ook liever met Mr Malcolm zou wandelen als ik de keuze had. Als hij me niet verachtte.'

'Misschien een schrale troost, maar Cassie wilde heel graag met u naar buiten, maar Miss Thistlewaite had niet het gevoel dat dat het gewenste effect zou hebben.'

'Om nog maar te zwijgen over het feit dat mijn tenen de hele tijd in gevaar zouden zijn.'

Selina en Henry keerden duidelijk opgewekter terug naar de salon. Dit had het ongebruikelijke effect dat bij ten minste twee andere leden van het gezelschap de somberheid toesloeg. Het zorgde er echter wel voor dat Mrs Dalton eens wat beter naar Mr Ossory keek. Selina zag de richting van haar moeders blik en besefte dat ze met haar moest praten.

Ze wilde niet dat haar moeder dacht dat Mr Ossory een prima alternatief zou zijn nu Mr Malcolm zo teleurstellend bleek.

14

De volgende ochtend verliep op vrijwel dezelfde manier, en Malcolm en Selina negeerden elkaar beleefd. Selina keerde na de lunch terug naar haar kamer en ontdekte dat daar een briefje was bezorgd. Ze hield zich voor dat ze niet opgewonden moest raken om niets, hoewel haar eerste gedachte bij het zien van het briefje was dat het van Mr Malcolm was. Toen ze het openvouwde, ontdekte ze dat het een uitnodiging was van haar gastvrouw voor een rondleiding in de kas, die middag om twee uur. Selina zou Lady Kilbourne en de rest van het gezelschap daar ontmoeten.

Een lakei bracht Selina naar de kas, en liet haar bij de ingang achter. Toen ze de deur opendeed, kwam haar een stroom warme, geurige lucht tegemoet. Selina keek verbaasd om zich heen naar de verscheidenheid aan exotische planten en bomen, waarvan er vele in bloei stonden en waarvan ze de meeste nog nooit eerder had gezien. Ze liep langzaam door het eerste gangpad voordat ze uiteindelijk in het midden van de kas terechtkwam, die een hoog, spits glazen plafond had.

Ze was net begonnen ook dat stuk te verkennen toen ze schrok van het geluid van iemand die zijn keel schraapte. Ze keek op en zag Malcolm bij een van de stenen bankjes staan die in het midden van de ruimte een cirkel vormden.

'Ik neem aan dat ik u hiervoor moet bedanken,' zei hij, en hij hield een papier op.

'Pardon?' zei Selina.

'Als u soms dacht me in de val te kunnen lokken door deze compromitterende situatie te arrangeren, dan moet ik zeggen dat ik u toch voor veel slimmer had gehouden. Als iemand ons samen alleen zou aantreffen, is dat nog echt geen garantie voor een huwelijksaanzoek. Of misschien was u van plan uzelf in mijn armen te werpen op het teken van uw handlanger. Wie is dat trouwens? Miss Thistlewaite?'

'Ik heb geen idee waar u het over hebt,' zei Selina. 'Ik kreeg een uitnodiging om hier om twee uur in de kas te zijn voor een rondleiding. Ik ging ervan uit dat we met het hele gezelschap zouden zijn. Ik was zeker niet van plan u hier te ontmoeten.'

'En het is dus zeker toeval dat ik eveneens een briefje heb ontvangen? In dat van mij stond echter niet zoiets onschuldigs vermeld als een rondleiding. In dat van mij stond allerlei onzin over "een gesprek dat zal leiden tot gunstige ontwikkelingen in de toekomst". Het was nogal grotesk, nu ik erover nadenk.'

'Dan verbaast het me dat u de moeite hebt genomen om te komen,' zei Selina.

Malcolm haalde zijn schouders op. 'Ik was nieuwsgierig.'

'Tja, als u zo bang bent voor mijn verraderlijke listen, waarom gaat u dan niet gewoon weg?'

'Dat zal ik zeker doen,' zei Malcolm, maar hij verroerde zich niet.

'Ik ben blij om dat te horen.'

'Blijft u hier dan?' vroeg hij.

'Nee, ik ga ook weg,' zei Selina. 'De kas kan mij ineens niet meer zo bekoren.' Ze beende weg, terug zoals ze was gekomen, en legde de afstand veel sneller af dan bij binnenkomst. Ze pakte de klink vast om de deur te openen, maar die weigerde dienst. Ze trok nog eens, maar er kwam geen beweging in.

Malcolm stond pal achter haar. 'En? Bent u van gedachten veranderd?'

Selina trok opnieuw, vrij wanhopig, maar er was nog steeds geen beweging in de deur te krijgen. 'De deur klemt blijkbaar,' zei ze. 'Het zal door de vochtigheid komen.'

'Laat mij het eens proberen,' zei Malcolm ongeduldig en hij pakte de deurklink. Ook hij kreeg de deur niet open. 'Hij klemt inderdaad, maar ik betwijfel nogal of het door de vochtigheid komt,' zei hij, zich omdraaiend om Selina aan te kijken, met zijn armen over elkaar geslagen.

'Wat denkt u dan dat het zou kunnen zijn?' vroeg ze, voordat ze zich realiseerde dat hij haar opnieuw beschuldigde van een poging hem in de val te lokken. 'Nou zeg, Wat bent u toch een... een arrogante, verwaande haan! Ik zou nog liever met de tuinman trouwen!'

'Ik zal Thompson ervan op de hoogte brengen dat hij zo hoog in uw aanzien staat,' zei Malcolm.

Selina gaf geen antwoord, maar liep hooghartig terug naar de stenen bankjes en ging zitten.

'Wat bent u van plan?' vroeg Malcolm, die haar achterna kwam.

'Ik wacht op de terugkeer van degene die ons heeft opgesloten, en dat doe ik liever zittend, als u het niet erg vindt.'

'Zou die dan op een bepaalde tijd weer terugkomen?' vroeg Malcolm, terwijl hij op een bankje tegenover Selina plofte.

'Voor de laatste keer: wilt u alstublieft het idee dat ik iets te maken heb met onze hachelijke situatie uit uw hoofd zetten? Ik vind het bepaald geen pretje om opgesloten te worden. Ik ben het meer dan beu.'

'Ik ben bang dat ik u niet helemaal begrijp. Bent u in het

verleden weleens opgesloten geweest in verband met een misdrijf?'

'Nee, natuurlijk niet. Julia heeft me de avond van het gemaskerd bal opgesloten in haar kamer, zodat ze zich als mij kon voordoen. Als ik merk dat ze hier ook weer achter zit, zal ik haar niet zo snel een tweede keer vergeven.'

'Ik moet zeggen dat u nogal een ongelukkige smaak hebt wat vrienden betreft.'

'Dat heb ik inderdaad zelf ook net ontdekt,' antwoordde Selina met een veelbetekenende blik op Malcolm.

Haar opmerking leek een klein deukje in zijn afstandelijkheid te hebben gemaakt, want zijn gezicht kreeg een geschrokken, schuldbewuste uitdrukking die hij snel verborg door in zijn hand te hoesten. Ze bleven daar allebei een paar minuten stil zitten, terwijl Malcolm Selina nog een paar vragende blikken toewierp.

'Nou, als we hier dan toch een poos opgesloten moeten zitten, kunnen we net zo goed een gesprek voeren. Dus waarom vertelt u me niet wat over uzelf, Miss Dalton.'

'Ik geloof dat u me bij het begin van onze kennismaking iets soortgelijks hebt gevraagd, en toen heb ik u al gezegd dat zo'n schaamteloos verzoek waarschijnlijk geen gehoor zal krijgen.'

'Ja, dat herinner ik me. Ongetwijfeld probeerde u destijds uw achtergrond te verbloemen.'

Selina slaakte een geërgerde zucht en begon toen op zangerige toon de feiten over haar leven op te dreunen. 'Ik ben geboren in Chailey, Sussex, op 28 maart 1796. Mijn vader diende als predikant, en een familielid van hem, Lord Musgrove, voorzag in zijn levensonderhoud. Ik heb vijf jongere broers en zussen, hoewel een van mijn broers, Charles, op zijn derde stierf aan tyfus. Van mijn veertiende tot mijn zeventiende bezocht ik de Lady's Academy van Mrs Finch, waar ik kennismaakte met Julia Thistlewaite. Toen ik achttien was, aanvaardde ik een baan als gezelschapsdame van Mrs Ossory uit Bath. Zij stierf een paar maanden geleden, waarna ik een uitnodiging van Julia accepteerde om naar Londen te komen. Toen ik in Londen was, maakte ik kennis met een heer die mij en mijn ouders uitnodigde op zijn landgoed in Kent, kennelijk met als enig doel mij te kwellen.'

Malcolm bleef Selina achterdochtig aankijken. 'Het klinkt alsof u oplepelt wat iemand anders u heeft opgedragen te zeggen,' zei hij.

Selina kon het wel uitgillen van ergernis, maar hield zich in. 'Ik ben uitgepraat met u,' zei ze tegen Malcolm. 'We kunnen hier wat mij betreft de komende veertien dagen in stilte blijven zitten.'

'Ik weet zeker dat we hier niet veertien nachten opgesloten zullen blijven,' zei Malcolm, maar Selina bleef ijskoud zwijgen.

Ze wist niet zeker hoe lang ze er zo al bij zaten – tenminste, Malcolm lag nonchalant languit op zijn stenen bank, en Selina zat rechtop en gespannen op die van haar – toen ze zich er ineens heel erg van bewust werd hoe vreselijk warm het was. Het zweet druppelde langs haar nek en rug, en haar jurk plakte aan haar vast. Ze keek naar Mr Malcolm, die ook leek te lijden onder de hitte. Zijn wangen waren rood en ook hij leek te transpireren.

'Ik had besloten geen kleding uit te trekken, uit angst voor hoe dat zou kunnen worden uitgelegd, maar ik vrees toch dat ik mijn jasje uit moet doen, als ik bij bewustzijn wil blijven,' zei Malcolm, die de lange stilte doorbrak. 'Heb ik uw toestemming?'

Selina hield haar hoofd een beetje schuin, vastbesloten haar zwijggelofte niet te breken. Ze zag hoe Malcolm zijn nauwsluitende jasje uittrok, en toen ook zijn vest. Zijn linnen overhemd eronder was bijna doorzichtig, omdat hij zo nat was van het zweet. Hij deed ook zijn das af en ze keek gefascineerd toe hoe een straaltje zweet langzaam langs zijn nek trok, om uiteindelijk onder zijn hemdkraag te verdwijnen. Ze had het ineens warmer dan ooit en hief haar hand om zich koelte toe te waaien.

Hij scheen haar al even nauwgezet te bestuderen, en Selina sloeg haar ogen neer en ontdekte dat haar jurk van dunne mousseline letterlijk doorweekt was van het zweet. Ze hoopte dat hij ook niet net zo doorzichtig was geworden als Malcolms overhemd. Ze kon geen kledingstukken uittrekken om zich meer op haar gemak te voelen – ze droeg geen jasje – maar ze deed wel haar handschoenen uit, en slaakte een zucht van opluchting.

Tot haar verbazing schoot Malcolm tegenover haar van de bank en begon te ijsberen. Ze vond het veel te warm voor zo'n inspanning, hoewel ze hem smachtend gadesloeg want het was voor haar te warm om boos te blijven. Liever wilde ze denken over hoe mooi hij was: met die lok donker haar die over zijn voorhoofd viel, en zijn lange, lenige gestalte die zo tot zijn recht kwam in zijn overhemd en pantalon. Plotseling stopte hij met ijsberen en liep naar het bankje waar zij zat.

'Zo te zien bent u niet op uw gemak, Miss Dalton,' zei hij met een iets hesere stem dan normaal. Hij schraapte zijn keel. 'Hebt u misschien last van de hitte?'

Selina vergat haar zwijggelofte. 'Het is wel echt verschrikkelijk warm,' fluisterde ze.

'Er is hier ergens een fontein,' zei hij tegen haar. 'Als we onze voeten in het water laten hangen, heeft dat misschien een verkoelend effect op ons – ik bedoel, dan koelen we wat af.'

Selina knikte en volgde hem naar een ander deel van de kas, waar een ondiepe granieten fontein luidruchtig borrelde. De fontein was groot en rond en vormde het middelpunt van de ruimte waarin ze zich bevonden. Selina had het gevoel dat ze nog nooit zoiets moois had gezien en wenste dat Malcolm er nu niet bij was, zodat ze meer in het water kon onderdompelen dan alleen haar voeten. Maar hij was er wel, dus ging ze op de rand van de fontein zitten en trok haar schoenen uit. Ze draaide zich om en ontdekte dat hij hetzelfde deed, maar vroeg zich af hoe ze haar kousen moest uittrekken als hij erbij was. Hij voltooide zijn inspanningen en zag dat ze naar hem zat te kijken.

'Ik zal u de rug toekeren zodat u met een gerust gemoed uw kousen kunt uittrekken,' zei hij tegen haar, en hij draaide zich om. Ze trok snel haar kousen uit en riep hem toen ze klaar was. Hij had zijn pantalon tot aan zijn knieën gerold en Selina keek haastig weg. Het feit dat ze alleen waren, zo met blote voeten en benen, had iets heel intiems. Ze draaide zich weer om naar de fontein, trok haar jurk om haar knieën en stapte in het water voordat ze op de smalle richel ging zitten.

Het water was niet zo koud als Selina zou willen, maar het voelde toch hemels aan haar oververhitte huid. Malcolm moest hetzelfde gevoeld hebben, want hij slaakte een tevreden zucht.

Selina reikte aarzelend met één hand naar beneden en wreef wat water over haar blote armen. Ze was verrast toen Malcolm plotseling naast haar verscheen, met een natte zakdoek in de hand.

'Als u me toestaat,' zei hij, terwijl hij de zakdoek voor haar ophield. Ze knikte en hij legde hem op haar gezicht en veegde dat teder af.

'Dat voelt heerlijk,' zei Selina met haar ogen dicht. Ze

opende ze snel toen de zakdoek over haar hals gleed. Malcolm stopte, liet zijn hand onderaan haar keel rusten, en zo bleven ze even zitten – al leek het een eeuwigheid: kijkend naar elkaar, hun ademhaling bijna even luid als de fontein. En toen ineens lagen ze op de een of andere manier in elkaars armen.

Selina kon zich later niet herinneren hoe het was gebeurd; of hij degene was die de eerste beweging naar haar maakte of dat zij degene was die zich tegen zijn borst wierp. Het was te warm, ze was te wazig om helder te denken, en ze wist alleen dat ze precies was waar ze wilde zijn. Hoe ze in het water terechtkwam, daarvan had ze al helemaal geen idee meer. Ze dacht eerst nog dat ze allebei op de rand van de fontein zaten, met hun voeten nog in het water, maar op een gegeven moment merkte ze dat ze ondergedompeld was in de ondiepe fontein, met Malcolm naast haar, die haar hartstochtelijk kuste.

Het was in deze staat dat de rest van het gezelschap hen aantrof.

Het geluid van stemmen begon net tot Selina's bewustzijn door te dringen, toen ze haar naam luid hoorde uitspreken. Nog steeds verstrengeld met Malcolm in het ondiepe water, keek ze op en zag ze dat Mrs Dalton haar verschrikt aanstaarde.

'Mama,' zei ze, en ze sloot haar ogen, denkend dat het misschien een fata morgana zou blijken te zijn die door de hitte werd veroorzaakt als ze ze weer opendeed. Maar toen ze dat deed, zag ze dat het geen illusie was, en dat haar moeder er nog stond.

Malcolm kwam in actie, maakte zichzelf los van Selina en verdronk haar daar bijna bij. 'Mevrouw, ik verzeker u, dit is niet wat het lijkt,' zei hij, rechtop in het ondiepe water gezeten, tegen Mrs Dalton.

Selina richtte zich ook op en probeerde het water uit haar ogen te vegen. Toen ze eindelijk weer kon zien, besefte ze dat Julia haar met afgrijzen aankeek terwijl de meeste heren hun blik afwendden. Selina keek snel naar zichzelf, voordat ze weer in het water terugzakte. Haar jurk zat op een zeer gênante wijze om haar heen geplakt en ze voelde er niets voor om in een dergelijke toestand voor het gezelschap te paraderen.

Ze was dankbaar toen Lady Kilbourne een lakei riep en wat handdoeken liet halen, voordat ze naar Selina en Malcolm in de fontein toe liep. 'Zeg eens, Jeremy, als dit niet is wat het lijkt, wat ís het dan precies?'

'Iemand was zo wreed om Miss Dalton en mij hier in de kas op te sluiten, en het werd hier gevaarlijk warm. Uit angst voor oververhitting zochten we onze toevlucht in de fontein,' zei Malcolm ernstig, voordat hij stopte en zuchtte. 'Miss Dalton en ik willen onze verloving aankondigen,' zei hij gelaten.

'Prachtig,' zei Lady Kilbourne. 'Dan is het dus wel precies wat het leek.' Lady Kilbourne wendde zich af van Selina en Malcolm om de anderen toe te spreken. 'Ik denk dat ik bij Malcolm en Miss Dalton achter moet blijven terwijl de rest van u doorgaat met de rondleiding door de kas. U moet vooral ook even de oranjerie bekijken,' zei Lady Kilbourne tegen haar gasten, terwijl ze Cassie letterlijk in die richting duwde toen hij geneigd leek met open mond naar Selina starend te blijven hangen bij de fontein.

Selina merkte dat ze rilde, nauwelijks in staat te geloven dat ze het nog maar kort geleden overdreven warm had gehad. Nu, helemaal in verlegenheid en zich terdege bewust van haar dubieuze verschijning, wilde ze niets liever dan verdwijnen. Ze trok haar knieën voor zich op, drukte die tegen haar borst en liet haar hoofd erop rusten, nog steeds in het ondiepe water gezeten. Malcolm deed ook geen poging om de fontein te verlaten, hoewel hij erin was geslaagd veel ruimte tussen hemzelf en Selina te creëren.

Lady Kilbourne, die haar gasten een eindje op weg had geholpen, keerde zich om en keek naar Selina en Malcolm, die allebei doornat en troosteloos aan weerszijden van de fontein zaten. 'Ik begrijp wel waarom jullie een zekere voorliefde voor die fontein koesteren, maar zijn jullie van plan om hier de rest van de dag te blijven?' vroeg ze hun.

Selina deed haar mond open om iets te zeggen, maar zweeg toen Malcolm zei: 'We wachten op de handdoeken.'

'Ja, dat kan ik begrijpen. Het zou nogal beschamend kunnen zijn om er nu in volle glorie uit te stappen. Ah, daar zijn ze net.'

Selina nam dankbaar een handdoek aan van een lakei en probeerde de nieuwsgierige blik te negeren die de beste man niet kon bedwingen. Ze veronderstelde dat haar escapade het gesprek van de dag zou zijn onder de bedienden. Ze hield de handdoek als een schild voor zich terwijl ze opstond en sloeg hem toen om zich heen. Ze stapte uit de fontein, pakte haar schoenen en kousen, draaide zich toen om en maakte zich op om naar haar kamer te hollen.

Lady Kilbourne hield haar tegen. 'Miss Dalton, u bent toch niet van plan te vertrekken zonder zelfs maar afscheid te hebben genomen van Jeremy? Of wenst u misschien wat privacy? Dat is toch volkomen begrijpelijk nu u een pasverloofd stel bent. Zolang u maar niet weer in de fontein gaat rondrennen. Ik weet niet zeker hoeveel schone handdoeken we nog hebben.'

'Moeder,' zei Malcolm. 'Ik weet zeker dat ik namens Miss Dalton spreek als ik zeg dat alles wat we verlangen de privacy van onze slaapkamer is.' Toen zijn moeder geen antwoord gaf, maar alleen haar wenkbrauwen optrok, realiseerde hij zich dat deze verklaring niet helemaal het beoogde effect had. 'Onze respectievelijke slaapkamers, bedoel ik. We moeten ons van deze natte kleding ontdoen voordat we een longontsteking oplopen. We zullen later nog genoeg tijd hebben om te praten.'

Selina keek naar Malcolm en was niet verbaasd dat hij haar aankeek alsof hij haar wel kon vermoorden. Hij denkt waarschijnlijk dat ik dit allemaal zo gepland heb, dacht Selina voordat ze zich verontschuldigde bij Lady Kilbourne en naar haar kamer rende.

15

Selina was van plan geweest zich zonder assistentie te verkleden, om zo de nieuwsgierigheid te omzeilen van Mary, het dienstmeisje dat haar was toegewezen tijdens haar verblijf op Hadley Hall. Het leek er echter op dat het nieuws over de ramp die Selina was overkomen Mary al had bereikt, want ze zat in Selina's kamer te wachten toen die aankwam en had al opdracht gegeven een bad vol te laten lopen. Mary zei niets, maar Selina's vernedering was compleet toen Mary iets van vegetatie, waarschijnlijk een waterlelie, uit haar onderhemd trok.

Ze was gewassen, redelijk opgedroogd en gekleed toen haar moeder naar haar kamer kwam, net toen Mary wegging. 'Selina, lieveling, wat is er toch gebeurd?' vroeg Mrs Dalton haar zodra het dienstmeisje de deur achter zich had dichtgetrokken. Selina wist wel zeker dat Mary spijt had dat ze geen excuus had verzonnen om te blijven hangen.

'O, mama, ik heb me nog nooit van mijn leven zo geschaamd,' riep Selina, die haar gezicht in haar handen verborg.

'Ja, dat begrijp ik, maar is het waar dat je verloofd bent met Mr Malcolm?' Het was duidelijk dat Mrs Dalton dit de belangrijkste gebeurtenis van de middag vond.

'Als dat zo is, dan wil ik het niet zijn. Hij denkt dat ik deze hele toestand zo heb gearrangeerd. Alsof ik zou willen dat mijn familie en bijna al mijn kennissen me in die toestand zouden zien. Ik geloof niet dat ik ze nog onder ogen durf te komen.'

'Tja, ik moet toegeven dat het een hele schrik was om je in zo'n intieme omhelzing met Mr Malcolm te zien, maar als hij bereid is met je te trouwen, dan komt het allemaal wel goed. Er bestond natuurlijk ook geen twijfel of hij zou doen wat een heer betaamt. Het zou ondenkbaar zijn als hij het niet deed. Je reputatie zou naar de maan zijn.'

'Mama, dit soort praat is niet bepaald bemoedigend,' zei Selina.

Haar moeder gaf haar een klopje op de hand, voordat ze vroeg: 'Selina, hoe ben je überhaupt uitgerekend in een fontéín terechtgekomen?'

'Het was zo vreselijk warm, en op dat moment leek het een goed idee. Ach, ik heb geen idee!' jammerde Selina. Ze wierp zich op het bed en begroef haar gezicht in een kussen. 'Wilt u me alstublieft excuseren bij het diner,' zei ze met gesmoorde stem.

'Nonsens. Je bent verloofd met de hooggeboren Jeremy Malcolm van Hadley Hall, Kent. Waar hij verkiest jou te omhelzen gaat niemand iets aan. Dus het is nergens voor nodig om je hoofd in een kussen te verstoppen. Kom maar gewoon mee naar beneden voor de thee.'

'Ik kom beslist niet naar de thee,' zei Selina voordat ze werd onderbroken door een klop op de deur.

'Ja?' riep Selina.

Mary stak haar hoofd door de deuropening. 'Mr Malcolm vraagt uw aanwezigheid in de bibliotheek, juffrouw.'

'Zeg hem dat ik een vreselijke verkoudheid heb opgelopen...' zei Selina, maar haar moeders stem overstemde die van haar.

'Zeg hem dat ze er dadelijk aankomt,' zei Mrs Dalton gebiedend.

'Ja, mevrouw,' zei Mary, en ze maakte een kniebuiging en trok de deur weer dicht.

Selina hield halt op de drempel van de bibliotheek en keek naar Malcolm die voor het raam stond. Zijn haar was, net als dat van haar, nog vochtig, en ze vond het zowel ongemakkelijk als opwindend tegelijk. Waarom kan dit toch geen echte verloving zijn? dacht ze terwijl ze naar zijn knappe profiel staarde. Waarom denkt hij toch zo slecht over me? Toen draaide hij zich om en zag haar in de deuropening.

Malcolms gedachten bij het zien van Selina waren al even verwarrend. Hij kon niet geloven dat hij zo gemakkelijk in haar val was gelopen, en het maakte hem boos dat hij zo kwetsbaar was geweest. Zijn extreme voorzichtigheid had hem altijd beschermd tegen compromitterende situaties in wat voor vorm dan ook, hoe groot de verleiding ook was. Maar hij vond Selina buitengewoon moeilijk te weerstaan. Zelfs nu, zoals ze daar stond, aarzelend om de kamer binnen te komen – uit haar grote groene ogen bleek haar schroom – voelde hij dat hij wilde afmaken waar ze in de kas aan begonnen waren. En hoe vreselijk hij het ook vond om het huwelijk in gelokt te worden, ergens verheugde hij zich ook bij de gedachte dat hij, als ze eenmaal getrouwd waren, het volste recht zou hebben zijn onderzoek voort te zetten naar haar mond, naar dat prachtige lichaam...

Hij schudde zijn hoofd om het van dat soort gedachten te ontdoen en probeerde zijn woede op haar te doen herleven omdat ze zo'n slinkse truc met hem had uitgehaald.

'Miss Dalton, komt u binnen, alstublieft,' droeg hij haar op. Selina kon haar zucht nauwelijks onderdrukken. Zelfs nadat hij haar in een fontein zo stevig had omhelsd en publiekelijk hun verloving had aangekondigd, noemde hij haar nog steeds Miss Dalton.

'Ik heb met uw vader gesproken en hij heeft ingestemd met onze verloving. We moeten dus bespreken wanneer en waar u de ceremonie wilt houden. Ik neem aan dat u graag in de kerk van uw vader zou willen trouwen?'

'Wilt u dit dan werkelijk doen?' vroeg Selina.

'Natuurlijk. Uw eerbaarheid laat me geen andere keuze. U bent hopeloos gecompromitteerd en als gentleman moet ik uw reputatie redden.' Hij glimlachte wrang. 'U verdient een felicitatie, Miss Dalton. Ik heb vele pogingen om me het huwelijk in te lokken weten te vermijden, maar ik heb nog nooit iemand ontmoet met zulke originele methoden als die van u.'

'Dus u denkt dat ik de gebeurtenissen van vanmiddag zo gepland heb?'

'Ik geloof niet dat het toeval was dat wij in de kas opgesloten zaten en dat het hele gezelschap van gasten precies een uur later door diezelfde kas een rondleiding kreeg en ons in een compromitterende situatie kon gadeslaan.'

'En ik veronderstel dat u mij ook de schuld geeft van de situátie waarin men ons gadesloeg?' vroeg Selina, terwijl ze Malcolm recht in de ogen keek. Het deed haar deugd dat Malcolm zijn ogen neersloeg toen ze hem die vraag stelde.

'Nee, ik moet toegeven dat het niet helemaal uw schuld is. Als ik sterker was geweest, had het hele incident voorkomen kunnen worden. Maar ik heb nooit ontkend dat ik u... buitengewoon aantrekkelijk vind, en ik ben tenslotte ook maar een man,' zei Malcolm, zijn blik op Selina's natte haar gericht. Zijn stem klonk nu heel zacht en Selina wist dat hij dacht aan de hartstochtelijke omhelzing die ze hadden gedeeld voordat ze werden betrapt. Ze zei snel iets voordat ze weer in een vergelijkbare situatie terecht kon komen. De blik in zijn ogen was ronduit verzengend.

'Dus er wordt van mij verwacht dat ik met een man trouw

die me de rest van zijn leven kwalijk zal nemen dat ik hem een huwelijk heb opgedrongen dat hij niet wenste?'

'Ik zou natuurlijk verplicht zijn om uw ongelukkige verleden over het hoofd te zien, willen we samen een prettig leven kunnen leiden,' zei Malcolm. Selina zei tegen zichzelf dat ze blij was te zien dat Malcolm niet langer dacht aan hun gevrij. Hij gedroeg zich weer even stijfjes en formeel als ervoor.

'Wat ruimhartig van u. En ik neem aan dat ik dan gedwongen word me een houding van nederige dankbaarheid jegens u aan te meten omdat u mij zo genadig bent.'

Malcolm haalde zijn schouders op. 'U mag elke houding aannemen die u wilt, zolang we elkaar maar in zekere mate beschaafd en hoffelijk behandelen.'

'Beschaafd? Hoffelijk? Is dat wat u verlangt van een huwelijk?' vroeg Selina met een wat hardere stem.

'Het is waar dat ik oorspronkelijk op meer had gehoopt, maar vanwege de ongelukkige omstandigheden van onze verloving, weet ik dat ik me met minder tevreden moet stellen.'

'Dat weet ik anders helemaal niet. Ik ga mezelf niet tevreden stellen met een huwelijk met een man die zo'n lage dunk van mij heeft. Een man die gelooft dat ik hem met een list in de val heb gelokt, en die me dat de rest van ons leven samen nooit zou laten vergeten. Ik dank u, mijnheer, voor uw vríéndelijke aanbod, maar ik ben bang dat ik het moet afslaan.'

'Kom, Selina, u weet best dat u niet kunt weigeren. Te veel mensen hebben ons vanmiddag gezien. Uw reputatie komt dit nooit meer te boven.'

Selina was te overstuur om op te merken dat hij haar bij haar voornaam had genoemd.

'Al had heel Engeland ons vanmiddag gezien, dan nog zou ik niet met u trouwen. Allemachtig, het was maar een kus.'

Malcolm fronste om deze minachtende kwalificatie van

hun omhelzing en zei zachtjes: 'Het was máár een kus?'
Maar Selina negeerde zijn opmerking, nog steeds woedend.

'U, mijnheer, bent de meest onuitstaanbaar arrogante man die ik ooit heb gekend. Ik dacht dat Julia het helemaal mis had met haar plan om u te vernederen, maar inmiddels wens ik dat ik daar een actievere rol in had gespeeld! Hoewel, als ik erover nadenk, realiseer ik me dat haar plan nooit zou hebben gewerkt – het was vanaf het begin gedoemd te mislukken. Ze verwachtte dat u verliefd op mij zou worden, ziet u. Maar inmiddels weet ik dat u niet in staat bent om zich op die manier aan iemand te hechten. U bent veel te verliefd op uzelf!'

Selina draaide zich om en holde de bibliotheek uit, en sloeg Malcolms verzoek om te wachten in de wind. Hij bleef midden in de kamer staan.

'Wat voor de drommel!' zei hij, net op het moment dat zijn moeder binnenkwam.

'Je klinkt niet als een man die zich net gelukkig heeft verloofd,' merkte ze op.

'Dat komt omdat ik niet gelukkig verloofd bén. Sterker nog, ik ben helemaal niet verloofd. Miss Dalton heeft me categorisch afgewezen.'

Lady Kilbourne slaakte een zucht. 'Je hebt het verprutst, hè, Jeremy? En dat na al mijn inspanningen. Het was vanmiddag veel te warm om een rondleiding door de kas te geven.'

Het duurde even voordat Malcolm begreep wat zijn moeder zei, want hij was nog steeds met zijn gedachten bij zijn gesprek met Selina. Lady Kilbourne wachtte geduldig tot het muntje was gevallen. Toen dat eindelijk gebeurde, schoot zijn hoofd omhoog en had ze zijn volle aandacht. 'Wat zei u nou net?'

'Ik zei dat ik een rondleiding door de kas heb gegeven. Om

drie uur. Ik ging ervan uit dat jullie dan genoeg tijd alleen zouden hebben om tot een soort overeenstemming te komen. Maar zelfs ik was verrast om jullie samen in de fontein te zien spetteren. Dat is toch niet iets wat je als ouder graag wilt zien,' zei Lady Kilbourne bedachtzaam. 'Ik geloof dat de brave predikant nog heviger geschokt was dan ik.'

Malcolm staarde haar nog altijd aan en zijn mond bleef vol ongeloof openhangen. 'Wilt u me nu vertellen dat ú de gebeurtenissen van vanmiddag hebt gearrangeerd?'

Lady Kilbourne schudde bedroefd het hoofd. 'Dat heb ik toch al gezegd. Tweemaal, zelfs.'

'Waarom hebt u me dit niet eerder verteld?'

'Ik wilde je de kans bieden om het weer goed te maken. Als ik had geweten dat je de boel meteen weer zo zou verpesten had ik me die moeite natuurlijk bespaard.'

Malcolm antwoordde niet, maar liep naar het raam om zonder iets te zien naar het gazon te staren. Zijn moeder keek even naar hem voordat ze vroeg wat hij had gedaan om Selina zo van streek te maken.

'Ach, dat viel reuze mee. Ik heb haar er alleen van beschuldigd dat zij onze opsluiting in de kas had geregeld, zodat ze me met een list tot een huwelijk kon dwingen.'

Lady Kilbourne zuchtte diep. 'Ik had het misschien moeten weten. Mrs Dalton heeft me verteld dat je Selina er ook al van had beschuldigd een rol te hebben gespeeld in het plan van Julia Thistlewaite.'

'Maar dat is geen onterechte beschuldiging. Ik heb haar wel degelijk betrapt op een leugen.'

'Waarschijnlijk op instigatie van Julia. Het is duidelijk dat die haar hand er niet voor omdraait om Selina voor haar karretje te spannen. Ik moet zeggen, Jeremy, ik ben behoorlijk teleurgesteld in jou,' zei Lady Kilbourne en door de blik die ze hem schonk voelde hij zich weer zes jaar oud. Toen hij iets wilde zeggen, hief Lady Kilbourne een hand om hem het zwijgen op te leggen. 'Luister alsjeblieft naar me. Ik ben me er terdege van bewust dat jij een lijst hebt. Dat weet ik al een poos. Ik was blij dat je het huwelijk als instituut zo serieus nam en wenste zelfs nog dat je broer Robert ook zo verstandig was geweest.

Maar na hoe jij Selina hebt behandeld begon ik me af te vragen of die lijst wel echt zo'n goede zaak was. Ik vond het een verschrikkelijk idee dat mijn bloedeigen kind zo arrogant en kritisch zou zijn en zichzelf beter vond dan de anderen, maar toen ik verder nadacht over de kwestie, kwam ik tot de ontdekking dat ik het niet echt geloofde. Ik denk eerder dat die lijst van jou een soort verdedigingslinie is, een schild, zo je wilt. Er waren zoveel jongedames die zich tot je aangetrokken voelden vanwege je fortuin, dat je vastbesloten was je liefde niet te schenken aan een vrouw die op haar beurt misschien wel onwaardig zou blijken te zijn. En ik denk dat dat de reden is waarom je zo fel van leer trok tegen Selina toen je dacht dat je toch voor de gek was gehouden.'

'Moeder, ik weet dat u denkt dat ik Selina onredelijk heb behandeld, en ik besef nu dat haar wat dit laatste voorval betreft geen blaam treft, maar ik ben er nog steeds niet van overtuigd dat ze niet van plan was me in de val te lokken.'

'Jeremy, ik heb nooit geweten dat je zo weinig mensenkennis had. Ze zeggen wel dat liefde blind is, maar dat die ook doof en stom kan zijn heb ik niemand ooit horen beweren,' zei Lady Kilbourne, ongelovig haar hoofd schuddend. 'Iedereen met maar een piezeltje verstand ziet dat Selina Dalton geen greintje valsheid bezit. Ik heb nog nooit zo'n oprechte en eerlijke jongedame ontmoet. Haar enige fout in deze hele geschiedenis is haar omgang met Julia Thistlewaite. En als je het nu over een intrigante hebt: zo zout heb ik het nog nooit gegeten.'

Malcolm zweeg even en dacht na over wat zijn moeder had gezegd. 'Het is duidelijk dat iedereen uw mening deelt, maar ik was zo bang dat ik me door haar voor de gek liet houden. Ze is zo overweldigend mooi, weet u. Ik wilde zeker weten dat ik me door mijn verstand zou laten leiden, en niet door mijn....'

'Ik begrijp wat je bedoelt, Jeremy,' zei Lady Kilbourne met een minzame blik op haar zoon.

'"Mijn hart", wilde ik zeggen, moeder,' zei Malcolm en eindelijk speelde er een glimlach om zijn mond.

'Natuurlijk wilde je dat zeggen. Het was ook wat ik dacht,' zei Lady Kilbourne kortaf, en ze veranderde snel van onderwerp. 'Ik weet dat het moeilijk is om iemand het fort binnen te laten dat je zo zorgvuldig om je hart hebt gebouwd, maar als je dat niet doet, loop je het gevaar Selina voorgoed kwijt te raken. Liefde laat zich niet zo tot in de puntjes plannen, lieve jongen. Liefde heeft de neiging de boel een beetje op te schudden. Dat is voor een deel ook de charme ervan.' Lady Kilbourne hief haar hand om het haar van haar zoon van zijn voorhoofd te vegen. Toen schraapte ze haar keel en zei: 'En, wat ben je van plan?'

'Ik weet het niet,' zei Malcolm, die er ineens heel kwetsbaar uitzag. 'Hebt u een idee?'

'Ik stel voor dat je Miss Dalton onmiddellijk opzoekt en haar vertelt dat je een fout hebt gemaakt.'

'Ik denk niet dat ze me wil spreken. Ze was erg boos.'

'Natuurlijk was ze erg boos. Maar als je nu niet naar haar toe gaat, weet ik vrij zeker dat ze een manier zal vinden om Hadley Hall te verlaten, en dan komt dit nooit meer goed.'

'U hebt gelijk. Ik ga het meteen doen,' zei Malcolm.

'Goed zo. Ik zou je vader namelijk graag weer eens zien vóór het Feest van de Heilige Aartsengelen,' zei Lady Kilbourne, die zich omdraaide om de kamer te verlaten. 'Ik vind het niet erg om af en toe korte tijd bij hem weg te zijn, want pas dan beseft hij hoe dol hij op me is, maar als ik te lang wegblijf, loop ik het risico dat hij me volkomen vergeet. Lord Cassidy, hou Jeremy alstublieft niet te lang op; hij moet nog voor het diner een klusje voor me opknappen,' zei Lady Kilbourne toen ze Cassie op weg naar de hal passeerde.

Malcolm ging aan zijn bureau zitten en gebaarde naar een stoel voor hem. 'Als iedereen de hele tijd mijn bibliotheek in en uit blijft lopen, moet ik straks het tapijt nog vervangen,' zei hij.

Cassie wilde niet zitten, maar bleef voor het bureau staan en keek Malcolm vastberaden aan. 'Ik ben gekomen om te vragen of je van plan bent om je eerbaar te gedragen tegenover Miss Dalton,' zei hij.

'Me dunkt dat het aan haar vader is om dat te doen,' zei Malcolm.

'Het is aan iedereen die zich zorgen maakt over haar welzijn, onder wie ik. Want als jij niet van plan bent om met haar te trouwen, doe ik het namelijk,' zei Cassie.

'Dat is heel galant van je, Cassie, maar het is niet nodig. Ik ben honderd procent van plan met Miss Dalton te trouwen, als ze me nog wil.'

'Ik zou het haar niet kwalijk nemen als ze weigerde. Je hebt haar schandalig behandeld. Je bent nog dommer dan een demon.'

'Pardon?' vroeg Malcolm confuus. 'Ik wist niet dat demonen bekendstonden om hun domheid.'

'Probeer je hier nu maar niet onderuit te draaien. Je gedraagt je als die Griekse kerel als wie je laatst verkleed was, die Endemon. Miss Dalton is hopeloos verliefd op jou, en jij ligt blijkbaar te maffen.'

‘Ah, nu begrijp ik het. Je bedoelt Endymion.’

‘Het kan me niet schelen hoe hij precies heet. Het punt is dat jij het meisje schandalig hebt behandeld, en dat sta ik niet langer toe. We zijn altijd vrienden geweest, Jeremy, maar ik vrees dat ik niet je vriend kan blijven als je Miss Dalton zo tekort blijft doen.’

Malcolm stond op van zijn bureau en gaf Cassie een klap op de schouder. ‘Goed gezegd, oude vriend. Ik ben het ermee eens dat ik me inderdaad enorm heb misdragen. En ik ben van plan er nu meteen iets aan te doen.’

Malcolm verliet de kamer en liet Cassie achter, die zichzelf feliciteerde met het succes van zijn preek. Hij begon zich af te vragen of hij misschien toch een toekomst in het Hogerhuis had. Als hij die Graanwetten nou eindelijk eens zou snappen, wist hij zeker dat hij daar een speech over kon schrijven die de economie van het land zou veranderen.

Hij stelde zich voor dat hij tussen zijn mede-adellijken zou staan en dat hij hen toesprak zoals die Antonius huppelepup dat deed in het toneelstuk van Shakespeare.

‘“Vrienden, Romeinen, landgenoten, hoor mij aan,”’ citeerde hij, en hij vond dat het prachtig klonk. Maar toen besefte hij dat hij geen ‘Romeinen’ kon zeggen, en zat het volgende halfuur te piekeren over wat een goed alternatief zou zijn. Toen hij geen woord kon bedenken met dezelfde zeggingskracht, gaf hij het op, niet al te erg van streek dat er van zijn politieke carrière uiteindelijk niets terechtgekomen was.

Malcolm, die Selina nergens anders kon vinden, besefte dat ze in haar slaapkamer moest zijn. Hij wist dat het helemaal niet gepast was dat hij daar met haar zou gaan praten, maar aangezien ze toch al hopeloos gecompromitteerd was, kwam hij tot de conclusie dat het niet veel uitmaakte of ze de goede zeden in acht namen. Dus klopte hij zachtjes op de deur van haar slaapkamer, een beetje verbaasd toen ze zei dat hij weg moest gaan, nog voordat ze kon weten dat hij het was.

'Miss Dalton,' zei hij, 'ik moet u spreken.'

Er viel een korte stilte, en toen zei Selina zonder de deur te openen: 'Volgens mij hebt u al genoeg gezegd.'

'Alstublieft, Miss Dalton, Selina, ik wil mijn verontschuldigingen aanbieden,' zei Malcolm.

De deur ging open en daar stond Selina voor hem, met haar armen over elkaar. Zo te zien was ze niet in een al te beste bui.

'Nou?' zei ze.

'U verwacht toch zeker niet dat ik hier op de gang blijf staan, terwijl er elk moment iemand langs kan komen?' protesteerde Malcolm toen ze geen aanstalten leek te maken om hem binnen te vragen.

Ze bleef even naar hem staan kijken en gebaarde hem toen binnen te komen, maar liet de deur achter hem open. 'Ik hoop dat, mocht er toch iemand voorbijkomen, u zich nog herinnert dat ik liever had dat u op de gang bleef. Ik wil niet nog eens beschuldigd worden van een poging om u in de val te lokken,' zei Selina.

Malcolm reageerde niet, want hij zag duidelijke tekenen dat ze aan het inpakken was. Er lagen jurken opgestapeld op het bed en op de grond stond een open hutkoffer. 'Wat bent u aan het doen?' vroeg hij haar, ontzet om zich heen starend.

'Dit heet inpakken,' zei ze.

'Maar u mag niet weggaan!'

'Ik zou niet weten waarom niet. Doe maar niet net alsof u me zult missen. Me dunkt dat u blij zult zijn om van zo'n onwelvoeglijk iemand als ik af te zijn.'

Malcolm rilde ervan. 'Dat is de reden waarom ik hier ben. Ik wilde u zeggen dat ik de plank helemaal missloeg toen ik u van bedrog beschuldigde. Mijn moeder zat achter de gebeurtenissen van vanmiddag.'

Selina's boze uitdrukking verdween even en maakte plaats voor verbazing. 'Heeft uw moeder ons opgesloten in de kas?' vroeg ze. 'Maar waarom?'

'Ze was vastbesloten om u als schoondochter veilig te stellen. Ze heeft veel bewondering voor u.'

'Ik voel me vereerd dat uw moeder me leuk vindt, maar ik had liever gehad dat ze dat niet op zo'n wonderlijke manier had laten blijken,' zei Selina.

'Ze was bang dat ik er in mijn eentje een janboel van zou maken, denk ik, wat ik ook heb gedaan,' zei Malcolm. 'Daarom ben ik gekomen om u om vergiffenis te smeken.'

Het was jammer dat uit Malcolms houding de nederigheid van zijn excuses niet bleek. Eerder het tegenovergestelde.

'Wat vreselijk nobel van u,' antwoordde Selina.

'Waarom krijg ik de indruk dat u dat niet meent?' vroeg Malcolm.

'Neem me niet kwalijk, maar het is een beetje moeilijk om het ene moment nog beschuldigd te worden van deelname aan een of ander vreselijk plan om iemand bij de neus te nemen, en dan nog geen uur later te horen te krijgen dat alles in orde is, omdat u hebt ontdekt dat uw moeder erachter zat. Hebt u nu ook met haar afgedaan? Want de hooggeboren Jeremy Malcolm kan zich natuurlijk niet inlaten met iemand die niet honderd procent perfect is, zelfs als het om zijn eigen moeder gaat.'

'Selina, u begrijpt het niet; ik wil nog steeds met u trouwen,' zei Malcolm.

Selina kon niet geloven waar deze man het lef vandaan

haalde. 'Nee, mijnheer, u bent degene die het niet begrijpt. Ik wil nog steeds niét met u trouwen. Dacht u nu echt dat u alleen maar even "sorry" hoefde te zeggen en dat alle gebeurtenissen van de afgelopen dagen daarmee tenietgedaan waren? Ik snap wel dat u gewend bent altijd uw zin te krijgen, maar u zult toch moeten erkennen dat dit niet zo gemakkelijk gaat.'

'Maar uw reputatie dan? Die is onherstelbaar besmeurd.'

'Mijn reputatie interesseert me geen biet! Ik ga nog liever als gevallen vrouw door het leven – al lijkt me dat een nogal overdreven voorstelling van zaken – dan dat ik een huwelijk moet aangaan met iemand die mij niet vertrouwt. Wat als u dan op een dag ontdekt dat uw pantoffels weg zijn? Ik zou waarschijnlijk voor een rechter worden gesleept en beschuldigd worden van diefstal!'

'Ik kan u verzekeren dat dat nooit zal gebeuren. Ik realiseer me dat mijn gedrag van de afgelopen dagen kwetsend was. Niemand heeft daar meer spijt van dan ik,' zei Malcolm, terwijl hij Selina's hand pakte. Ze trok hem snel terug en het drong tot hem door dat ze veel te kwaad was om zijn excuses aan te horen. Maar hij kon haar niet toestaan Hadley Hall te verlaten. Hij moest haar op de een of andere manier zien over te halen om minstens nog een paar dagen te blijven.

'Ik begrijp waarom u mijn aanzoek niet wilt aanvaarden, maar aanvaard dan alstublieft in elk geval mijn gastvrijheid. Voel u niet gedwongen te vertrekken.'

Selina kalmeerde een beetje door zijn redelijke toon. 'Dank u voor de uitnodiging, mijnheer, maar het lijkt mij het beste dat ik zo snel mogelijk wegga.'

'Selina...' Selina keek hem woedend aan, dus Malcolm besefte dat de stilzwijgende toestemming die hij had gekregen om haar met haar voornaam aan te spreken inmiddels was ingetrokken. Dus corrigeerde hij zichzelf: 'Miss Dalton, wees redelijk. U hoeft zich misschien niet druk te maken over uw reputatie, maar ik geef wel degelijk om die van mij. Als u vertrekt en wij zijn niet verloofd, zullen mensen ongetwijfeld denken dat ik me oneervol jegens u heb gedragen. Cassie heeft al gedreigd onze vriendschap te beëindigen als ik niet met u trouw. Als u nog een paar dagen blijft, een week misschien, en we gaan een schijnverloving aan, dan kunnen we later zeggen dat u mij alsnog hebt afgewezen. Dat zou uw reputatie tot op zekere hoogte moeten redden.'

'Of zelfs versterken. Ik zal de geschiedenis ingaan als de enige vrouw die u hebt versmaad,' zei Selina, en haar gezicht klaarde een beetje op. Malcolm vond het buitengewoon ontmoedigend dat het idee dat ze hem zou kunnen afwijzen het enige was wat een glimlach op haar gezicht kon toveren. Maar ze leek het in elk geval te overwegen. Ze zweeg nog even en Malcolm hield zijn adem in...

'En dat hoeft dus echt maar een paar dagen te duren...' begon Selina.

'Een week lijkt me beter,' viel Malcolm haar in de rede.

'Alle gasten zijn van plan om over drie dagen te vertrekken. Ik denk niet dat we deze schijnvertoning ook na hun vertrek nog hoeven op te houden,' zei Selina met een argwanende blik op Malcolm.

Malcolm haastte zich om haar argwaan weg te nemen. 'U hebt natuurlijk gelijk. Ik was vergeten wat de afgesproken datum was. Dus u gaat ermee akkoord?'

'Alleen als volkomen duidelijk wordt gemaakt dat ík ervoor koos om ú af te wijzen,' zei Selina.

'Uiteraard. En u zult zich gedragen alsof we verloofd zijn?' vroeg Malcolm.

'Ik zal het niet ontkennen als ernaar gevraagd wordt,

maar verwacht niet dat ik de aanbiddende verloofde speel.'

'Natuurlijk niet, dat zal ik niet van u verwachten,' zei Malcolm. 'Al zou u misschien wel kunnen doen alsof u me niet volkomen weerzinwekkend vindt. Dat zou onze verloving misschien wel wat geloofwaardiger maken.'

'Maar ik dacht dat u geen bedrog tolereerde? U wilt toch zeker niet dat ik de waarheid verdraai?' vroeg Selina verbaasd.

Malcolm besefte dat de komende drie dagen zwaarder zouden worden dan hij zich ooit had kunnen voorstellen.

Niet lang nadat Malcolm was vertrokken, werd er weer op de deur geklopt. Selina weerstond de neiging om opnieuw 'Ga weg' te roepen, omdat ze nu immers zogenaamd de gelukkige verloofde was. Dus liep ze naar de deur, maar ze trof daar Julia die hem zelf maar open was gaan doen.

'Selina, ik ben zo blij dat jij en Mr Malcolm al jullie problemen hebben opgelost. Ik werd absoluut verteerd door schuldgevoelens, maar nu kan ik weer gelukkig zijn,' zei Julia terwijl ze achter Selina aan de kamer in liep.

Selina was bezig haar kleren terug te hangen in de kast. Daar ging ze mee door, terwijl Julia op haar gemak in de vensterbank ging zitten. 'Ik ben dolgelukkig dat ik je geweten niet langer bezwaar,' zei Selina.

'Wat doe je?' vroeg Julia, die het sarcasme van haar vriendin negeerde.

'Ik ben aan het uitpakken.'

'Uitpakken? Waarom ben je nu pas aan het uitpakken – we zijn hier al ruim een week. Ik snap het niet,' zei Julia.

'Nou, ik was begonnen met inpakken, maar toen ben ik van gedachten veranderd, en nu ben ik aan het uitpakken.'

'Waarom was je begonnen met inpakken? Je kunt toch niet meteen vertrekken nadat jullie je hebben verloofd? Ik moet zeggen dat ik best tevreden ben met hoe het allemaal is afgelopen. Ik dacht eerst dat ik jouw vooruitzichten misschien had verpest, maar nu geloof ik toch dat je alle reden hebt om me dankbaar te zijn.'

Nu werd het Selina toch te gortig. 'Voordat je jezelf wat al te enthousiast feliciteert, moet je weten dat Mr Malcolm en ik alleen maar doen alsof we verloofd zijn tot de logeerpartij voorbij is, en daarna ben ik van plan hem de bons te geven.' Selina glimlachte erbij. 'Ik zal je zeggen dat dat het enige van deze hele geschiedenis is waar ik echt van zal genieten.'

Julia ging rechtop zitten en staarde Selina verbijsterd aan. 'Wat bedoel je, doen alsof jullie verloofd zijn? Waarom zouden jullie doen alsof? Jullie leken het vrij goed met elkaar te kunnen vinden, in de fontein.'

Selina bloosde bij die verwijzing naar haar wateractiviteiten, terwijl ze de laatste japonnen van het bed pakte. 'Ja, nou ja, dat is waar hij me uiteindelijk mee in het harnas heeft gejaagd. Hij had het lef te suggereren dat ik de gebeurtenissen van vanmiddag had gepland om hem in de val te lokken.'

'En, is dat zo?' vroeg Julia.

'Natuurlijk niet!' zei Selina beledigd. 'Het was Lady Kilbourne.'

'Werkelijk? Dat had ik nooit achter haar gezocht. Ze gedraagt zich altijd zo keurig. Ik vind haar eerlijk gezegd een beetje intimiderend. Ik vroeg me af of Cassie er soms achter zat, maar het was allemaal zo slim uitgevoerd dat ik die gedachte meteen weer moest afwijzen. Als hij het had gedaan, zou hij zelf in de fontein zijn beland.'

Selina moest tot haar eigen verbazing giechelen om Julia's opmerking. Dat ontnuchterde haar meteen, en ze wierp zich op het bed en klaagde: 'O, waarom moest ik dan ook verliefd worden op zo'n man? Hij is om razend van te worden!'

'Ik zou het je niet kunnen zeggen. Maar ja, ik had ook nooit verwacht dat ik me aangetrokken zou voelen tot Henry Ossory. Hij is zo... aardig,' zei Julia, en ze trok afkeurend haar neus op.

'Had ik dat probleem maar, dat Malcolm aardig was, maar het is precies het tegenovergestelde. Wat hij allemaal tegen me zegt, je zou het niet geloven.'

'Maar je zei dat Lady Kilbourne je opsloot in de kas. Weet Mr Malcolm dat?'

'Ja, hij is degene die het mij heeft verteld. En hij verontschuldigde zich dat hij mij ervan verdacht, en zei dat hij nog steeds met me wil trouwen. Maar dat is niet genoeg, Julia. Hij wantrouwt me en voelt zich gedwongen met mij te trouwen. Dat is niet de basis voor een gelukkig huwelijk.'

'Weet hij dat je weg wilde?'

'Ja, en toen kwam hij op het idee van de zogenaamde verloving. Hij zei dat hij niet wilde dat mensen dachten dat hij zich oneervol had gedragen jegens mij.'

'Ik denk dat dat een smoes was om je te laten blijven, Selina. Want wij zouden daar nooit over roddelen. Nee, ik geloof dat hij juist veel liever met je wil trouwen dan je denkt.'

'Echt waar?' vroeg Selina hoopvol.

'Absoluut. Wat niet wil zeggen dat hij niet een beetje mag lijden,' zei Julia met een boosaardig lachje.

'Julia, het lijkt me beter als jij je er niet mee bemoeit,' zei Selina, een beetje ongerust door dat lachje.

'Onzin. Alles komt goed. Geloof me.'

Een slang was nog betrouwbaarder dan Julia, vond Selina, maar ze knikte gedwee, want ze had inmiddels wel geleerd dat het niet loonde om met Julia in discussie te gaan.

16

Men kan zich afvragen waarom Selina en Malcolm deden alsof ze verloofd waren terwijl praktisch het hele gezelschap wist dat het een voorwendsel was. Malcolm had de waarheid aan zijn moeder verteld, die Mrs Dalton in vertrouwen had genomen, die Mr Dalton in vertrouwen had genomen. Selina had het natuurlijk verteld aan Julia, die het aan Henry en Cassie had verteld. De enige persoon die niet wist wat er aan de hand was, was Mrs Thistlewaite, die het sowieso niets had kunnen schelen, aangezien ze verdiept was in een bijzonder lastig borduurwerkje.

Het hele gezelschap deed echter ontzettend zijn best te doen alsof het geen idee had dat er iets mis was met de verloving. Tijdens het diner hadden ze het nergens anders over en toen ze zich daarna terugtrokken in de salon, ging het gesprek nog steeds alleen maar over die zogenaamde bruiloft, totdat Selina liever was gaan gillen dan dat ze nog één vraag zou moeten beantwoorden over wanneer de bruiloft zou zijn, en waar, en wie ze allemaal zouden uitnodigen.

Lady Kilbourne en Julia hadden er ongelofelijk veel plezier in om Malcolm en Selina van hun stuk te brengen. Lady Kilbourne slaagde daar bijzonder goed in toen ze Malcolm en Selina voorstelde om de volgende ochtend uit rijden te gaan, zodat Malcolm zijn aanstaande bruid aan zijn pachters kon voorstellen.

Malcolm, die wel zag wat zijn moeder probeerde te doen,

vond dat ze nu toch echt te ver ging. Selina zag er bepaald niet uit als een gelukzalige bruid en keek behoorlijk verontrust toen Lady Kilbourne met de suggestie kwam.

'Misschien is het beter als we zo'n tour doen zodra de ondertrouw bekendgemaakt is,' stelde Malcolm voor.

'En je pachters het gevoel geven dat ze de laatsten zijn die het weten? Dat geeft geen pas, dunkt me,' protesteerde Lady Kilbourne. 'Nee, het is beter als jullie morgen gaan.'

Malcolm keek Selina schouderophalend aan, alsof hij wilde zeggen dat hij het had geprobeerd, maar dat hij zijn moeder niet kon tegenspreken. Toch was hij er wel mee in zijn sas. Hij dacht dat hoe vaker Selina ergens als zijn verloofde zou worden voorgesteld, hoe echter het idee voor haar werd en hoe moeilijker het voor haar zou zijn om de verloving te beëindigen. Malcolm vermoedde dat dit waarschijnlijk ook de reden was waarom zijn moeder de suggestie überhaupt deed, en hij begon een nieuw ontzag voor haar te ontwikkelen. Hij snapte nu wel dat zijn arme vader kansloos was geweest bij haar.

Hij verliet Selina's zijde om naar het theeblad te lopen, waar Julia zich bij hem voegde. 'Dus nu komt het toch goed met u en Selina,' zei ze.

'Daar heeft het alle schijn van,' zei Malcolm.

Julia glimlachte om de manier waarop hij zijn antwoord formuleerde, waardoor Malcolm zich afvroeg waardoor ze zo moest grijnzen. 'Ik ben erg blij dat u met mijn vriendin gaat trouwen,' zei Julia, 'maar ik moet u wel zeggen dat er nog steeds één persoon is die zich niet met dat idee heeft verzoend.'

'O nee? Wie kan dat dan zijn?' vroeg Malcolm, in de hoop dat ze niet 'Selina' zou zeggen.

'Mr Ossory, natuurlijk. U hebt toch wel gemerkt hoe hij haar bewondert? Hij vertrouwde me toe dat hij zou willen dat ze u alsnog afwijst, want hij koestert nog steeds hoop.'

Malcolm keek naar waar Selina zat en zag net dat Henry op haar afliep en plaatsnam op de stoel die Malcolm net had verlaten. Hij kon niet weten dat Julia dat zo had geregeld.

'Het spijt me dat Mr Ossory nog steeds hoop in die richting koestert, want die zal op een teleurstelling uitlopen,' zei Malcolm met een nogal bozige blik.

'Ik moet toegeven dat ik ook gelukkiger zou zijn als hij dat doel niet zou bereiken,' zei Julia. 'Dus ik ben gekomen om u te waarschuwen niets doms te doen waardoor Selina de verloving zou kunnen verbreken, want dan hebben wij allebei reden tot spijt.'

Malcolm knikte alleen, terwijl hij Henry en Selina bleef observeren, en Julia glimlachte, blij dat hij er zo gekweld uitzag. Ze was minder blij toen hij kordaat op Selina en Henry afstapte, eiste dat Henry zijn stoel weer aan hem afstond en duidelijk maakte dat hij kwaad was.

Henry liep naar Julia toe en keek tamelijk verbluft. 'Ik zweer het, ik heb geen idee wat er met Malcolm aan de hand is. Hij is zo irrationeel opvliegend. Ik was net naar Miss Dalton gegaan om met haar te praten, zoals u had voorgesteld, en hij beet bijna mijn hoofd eraf. Ik hoop dat ze hun meningsverschillen snel zullen bijleggen.'

'Ach, hij is gewoon jaloers. Ik zei hem dat u nog steeds hoop had op een huwelijk met Selina en hij geeft zich nu gewoon over aan een vlaag van drift.'

'Wat zegt u nou?' vroeg Henry, zijn stem luider dan normaal. Toen Julia merkte dat alle blikken hun kant op gingen, trok ze hem snel de tuindeuren door.

'Het is allemaal volkomen onschuldig. Ik wilde er gewoon zeker van zijn dat hij Selina op de juiste manier waardeert. Ik dacht dat als hij zou weten dat u in de coulissen stond te wachten, hij nog minder genegen zou zijn om Selina hun verloving te laten verbreken.'

'Miss Thistlewaite, Julia, ik heb schoon genoeg van die verzinsels van u, en dat u mij bij uw dwaze plannen betrekt.'

Het verraste Julia te zien dat Henry echt boos was. 'Maar, Henry,' zei Julia aarzelend, terwijl ze hem aankeek om te zien of hij bezwaar had tegen het gebruik van zijn voornaam. Ze had hem haar eigen naam horen noemen, ook al leek het erop dat hij die eerder geërgerd dan met genegenheid had uitgesproken. Toen hij geen bezwaar maakte, vervolgde ze: 'Dit is geen dwaas plan; dit is echt heel onschuldig. U hoeft helemaal niet eens iets te dóén. Al zou het misschien een goed idee zijn als u Selina wat extra aandacht zou schenken.'

'Ziet u nou wel! Dit is dus precies wat ik bedoel. Ik weiger een aantrekkingskracht voor te wenden die ik niet voel, alleen maar vanwege al die verzinsels van u.'

'Maar het is toch geen aantrekkingskracht die u niet voelt? U voelt zich toch ook aangetrokken tot Selina?'

'Dus nu mag ik niet eens beslissen tot wie ik me aangetrokken voel? Het minste wat u kunt doen, is mij dat zelf laten bepalen! Denkt u nu dan nog steeds dat ik me aangetrokken voel tot Selina Dalton?' vroeg Henry, en hij trok Julia in zijn armen, waar ze heel hartstochtelijk werd gekust. 'Nou?' vroeg hij na afloop, maar op een heel andere toon dan voorheen.

'Henry, toch,' zei Julia zachtjes, nog in zijn armen genesteld, 'en ik maar denken dat u zo aardig was.'

Dus had Henry geen andere keus dan haar opnieuw te kussen, eerder op een onfatsoenlijke dan op een aardige manier.

Met het paar dat zich nog in de salon bevond ging het niet zo goed. Nadat Henry en Julia de kamer hadden verlaten, wendde Selina zich tot Malcolm en stelde zijn gedrag tegenover Mr Ossory aan de kaak.

'Ja, ik snap best dat u niet wilt dat ik me onvriendelijk gedraag tegenover Ossory,' zei Malcolm veelbetekenend.

'Ik wil niet dat u zich onvriendelijk gedraagt tegenover wie dan ook,' zei Selina. 'Maar vooral niet tegenover iemand die uw vriend zou moeten zijn.'

'Ja, hij zou inderdaad mijn vriend moeten zijn, net zoals u mijn aanstaande bruid zou moeten zijn.'

Selina keek hem terecht in verwarring aan. 'Ik begrijp uit uw toon dat ik iets uit die uitspraak moet afleiden, maar ik heb geen idee waar u het over hebt.'

'Nee, dat zal wel niet,' zei Malcolm, nog steeds op die sarcastische toon. 'U bent gewoon uw tijd aan het uitzitten, of niet soms? U wacht gewoon tot u me kunt afwijzen, zodat u uw echte verloving met Henry Ossory kunt aankondigen.'

'Mijn verloving met Henry Ossory?' Selina begon te lachen. 'Mr Malcolm, we hebben het hier toch allang over gehad? Mr Ossory is in geen enkel ander opzicht in mij geïnteresseerd dan in vriendschappelijk opzicht. Volgens mij heeft hij zijn hart aan Julia verpand, die arme man.'

'Miss Thistlewaite heeft me anders net verteld...' begon Malcolm, maar hij besefte toen dat de andere aanwezigen in de salon veel meer aandacht schonken aan het gesprek dat hij met Selina voerde dan aan hun eigen bezigheden. Cassie, Lady Kilbourne en Mr en Mrs Dalton staakten hun kaartspel, en zelfs Mrs Thistlewaite had opgekeken van haar borduurwerk.

'Excuseer ons,' zei Malcolm, en hij trok Selina door de openslaande deuren waar Julia en Henry een paar minuten eerder door waren vertrokken. Eenmaal op het terras werden ze geconfronteerd met de aanblik van Julia en Henry in een hartstochtelijke omhelzing, nog geen drie meter verderop.

'Wat zei u ook alweer?' vroeg Selina zachtjes aan Malcolm, om het kussende paar niet te storen.

Malcolm schudde ongelovig zijn hoofd. 'Ik zal nooit meer een woord uit de mond van die vrouw geloven. Ik hoop dat Ossory weet waar hij aan begint.'

Selina keek nog even achterom naar het stel. 'Hij lijkt er niet onder te lijden.'

Ze wilde weer teruggaan naar de salon, toen Malcolm haar met een hand op haar arm tegenhield. 'Wacht,' fluisterde hij. 'Waarom maken we geen wandeling door de tuinen? Die hebben zo te zien ook een wonderbaarlijk effect gehad op onze vrienden.'

'Bedankt voor het aanbod, maar u vergeet dat we niet echt verloofd zijn. En u moet om uw reputatie denken,' zei Selina, die zich loswurmde en door de tuindeuren naar de salon terugkeerde. Maar Malcolm zag tot zijn opluchting dat ze glimlachte.

'Nee, ik ben niet vergeten dat we niet echt verloofd zijn. Maar daar wilde ik juist iets aan doen,' zei Malcolm hardop, nog met zijn gezicht naar de tuindeuren. Toen draaide hij zich nog eens om naar Julia en Henry, vastbesloten om hun rendez-vous te onderbreken. Het was oneerlijk van hen om zo gezellig ineengestrengeld te staan terwijl hij daar helemaal alleen was. Hij liep naar hen toe en schraapte luid zijn keel.

Julia en Henry sprongen niet schuldbewust uit elkaar, zoals je altijd leest in alle goede romans, maar ze lieten elkaar net lang genoeg los om te zien dat Malcolm daar stond en hen woest aankeek. Malcolm hoopte dat Julia bloosde, maar dat viel in het maanlicht niet te zien.

'Jeremy, ouwe jongen,' zei Henry. 'Ik zag al wel dat jij en Miss Dalton op het terras stonden, maar ik hoopte eigenlijk dat je zou begrijpen dat wij naar wat privacy verlangen.'

'Henry, ik moet je waarschuwen dat de vrouw in je armen een leugenachtige troela is, die iedereen voortdurend bedriegt,' zei Malcolm langzaam en duidelijk.

Julia schrok en keek naar Henry of die haar zou verdedigen. 'Dat is mij allemaal bekend, mijn vriend,' zei Henry, 'maar ik dank je toch voor de waarschuwing.'

Julia wilde zich losrukken uit Henry's omhelzing. 'Jij... jij lafhartige schelm, jij schurk, jij...'

'Stil,' zei Henry, Julia's pogingen om zich te bevrijden negerend. 'Laat me uitspreken. Ik wilde hem uitleggen dat ik van plan ben mijn leven te wijden aan het onder controle houden van die nare gewoonten van jou.'

Malcolm begreep niet hoe die uitspraak als een compliment kon worden opgevat, maar hij leek het juiste effect te hebben, want Julia probeerde niet langer uit Henry's omhelzing te verdwijnen. 'Echt waar?' vroeg zij.

'Echt waar,' zei Henry. 'Ik verheug me daar zelfs enorm op.'

'O, Henry!' antwoordde Julia, en ze staarde hem vol aanbidding aan. Omdat het duidelijk was dat Henry op het punt stond haar nog een kus te geven, gaf Malcolm het maar op en keerde terug naar de zitkamer.

Selina trok zich direct terug op haar kamer nadat ze Malcolm op het terras had achtergelaten, vrolijker dan ze in dagen was geweest. Ze was natuurlijk blij voor haar vriendin Julia, maar ze was nog blijer dat Malcolm jaloers was. Ze betwijfelde of hij zo boos op Henry zou zijn geweest als hij niet ten minste een beetje verliefd op haar was. Voor het eerst sinds dat vreselijke gemaskerde bal stond ze zichzelf toe optimistisch te worden over haar toekomst. Ze lag op haar bed, staarde naar het plafond en zei hardop: 'Mrs Selina Malcolm, echtgenote van Jeremy Malcolm,' en ze moest lachen om haar kinderlijke gedrag. De gedachte dat Malcolm haar nog eens zou kussen deed haar huiveren, en ze dacht dat het er die avond misschien wel van was gekomen als ze zijn aanbod om door de tuinen te lopen niet had afgeslagen. Haar fantasie voerde haar naar het altaar en nog verder, maar geen enkele van haar gedachten had betrekking op Mr Malcolms landgoed of zijn rijkdom. Nee, het was de man zelf van wie ze droomde, en als sommige van die dromen een blos op haar wangen brachten en haar een fladderend gevoel in haar buik bezorgden, wie zou haar dan kunnen verwijten dat ze deze dromen had?

Na zich een poosje aan deze gedachten te hebben overgegeven, hoorde ze een klop op de deur en Julia voegde zich bij haar om haar alle details van haar eigen verloving te vertellen. De twee dames bleven op tot in de kleine uurtjes, fluisterend en pratend en giechelend, en bonden met elkaar de strijd aan wie van hun geliefden de beste was.

Selina was nog steeds in een goed humeur toen ze de volgende ochtend wakker werd, en trok snel haar donkergroene rijjapon aan om met Malcolm te gaan rijden. Ze voegde zich bij de anderen in de ontbijtkamer en deed alsof ze het niet merkte dat de meesten van de andere aanwezigen naar haar en Malcolm keken alsof ze dieren waren in een dierentuin.

Later, toen ze met Malcolm te paard zat, vroeg ze hem of hij iemand had verteld over hun valse verloving.

'Alleen mijn moeder,' zei hij. 'Hoezo? Hebt u het iemand verteld?'

'Alleen Julia. Maar bij het ontbijt had ik het gevoel dat sommige anderen het misschien ook wisten.'

‘Werkelijk? Wat gaf u die indruk?’ vroeg Malcolm, hoewel hij hetzelfde vermoeden had.

‘De manier waarop ze ons observeerden,’ zei Selina, en ze haalde haar schouders op. ‘Ach, nou ja, het is waarschijnlijk mijn verbeelding.’

‘Dat zal wel,’ zei Malcolm, bang dat ze met de schijnvertoning wilde stoppen en nog voor de drie dagen voorbij waren wilde vertrekken. Hij stelde haar voor aan iedereen die hij die ochtend tegenkwam als ‘Miss Selina Dalton, mijn aanstaande echtgenote’. Toen hij zelfs bij een passerende boer halt hield om haar voor te stellen, protesteerde Selina. ‘Mr Malcolm, het kan die man echt niet schelen dat ik uw verloofde ben. Hij is niet eens een van uw pachters. Ik geloof niet eens dat hij uit dit graafschap komt,’ zei ze toen de boer doorreed.

‘Dat is zo. Ik meende hem te herkennen, maar het is duidelijk dat ik hem voor iemand anders aanzag.’

Selina glimlachte alleen maar en schudde haar hoofd. Ze zou niet al te veel protesteren. Ze moest toegeven dat het leuk klonk, zoals Malcolm haar aan iedereen voorstelde. Bijna alsof hij trots was dat zij zijn toekomstige echtgenote was, echt of zogenaamd.

Malcolm was wel degelijk echt trots op Selina. Ze was zo mooi, zo vriendelijk, zo’n echte dame, dat hij heel blij was de mensen te kunnen vertellen dat ze zijn aanstaande bruid was. En hij was vastbesloten ervoor te zorgen dat hun relatie in haar hoofd even echt was als in dat van hem. De helft van de drie dagen was al voorbij, dus hij had niet veel tijd te verliezen. Toen hij zijn hand uitstak om haar van haar paard te helpen, wilde hij bijna zijn gevoelens met haar delen. Ze keek op hem neer, met een lieve glimlach op haar gezicht. Hij zette zijn handen in haar middel en hij voelde een overweldigend verlangen om haar in zijn armen te trekken, een verlangen dat hij dacht in haar ogen weerspiegeld te zien. Hij stond op het punt om zich eraan over te geven, toen er plotseling een stalknecht ten tonele verscheen en hij gedwongen werd haar los te laten. Ze leek al even teleurgesteld over deze onderbreking als hij. Hij had geen andere keuze dan met haar weer het huis binnen te gaan.

Malcolm had gelijk toen hij meende dat Selina teleurgesteld was bij de onderbreking. Ze had het gevoel gehad dat ze bijna heel innig gekust zou worden, en het ergerde haar dat ze altijd op de meest ongelegen momenten werden gestoord. Ze liep terug naar haar kamer om zich om te kleden in een middagjapon en bleef een hele poos voor de kast staan om te beslissen welke jurk Malcolm ertoe zou aanzetten haar zijn onsterfelijke liefde te verklaren.

Selina stond nog steeds voor de kast, gekleed in haar rijjapon, toen ze geklop op de deur hoorde. 'Kom binnen,' riep ze afwezig, nog steeds starend naar de inhoud van haar kast. Ze vermoedde dat het Mary was, die haar kwam helpen met aankleden. Ze draaide zich niet eens om, en was dus totaal verrast toen Cassie zei: 'Miss Dalton, u moet nu meteen met me meekomen.'

'Wat?' zei ze, terwijl ze zich omdraaide om hem aan te kijken. Hij leek buitengewoon opgewonden; hij wrong bijna zijn handen van bezorgdheid. 'Is er iets mis?'

'Dat is er zeker. Ik heb geen tijd om u alle details te vertellen; we moeten onmiddellijk naar de stallen.' Hij legde zijn hand onder haar elleboog en voerde haar de kamer uit en de trap af. Cassie was aanzienlijk langer dan Selina, en ze werd gehinderd door de lange rokken van haar japon, wat haar afleidde, zodat ze hem niet eerst kon ondervragen. In plaats daarvan deed ze haar best niet te struikelen over haar rokken en zo haar nek te breken.

'Cassie, wil je alsjeblieft niet zo duwen? Ik tuimel dadelijk nog halsoverkop de trap af,' zei Selina geërgerd.

'We moeten opschieten,' antwoordde hij, terwijl hij haar door de hal het huis uit en het bordes af voerde. Voor het huis stond een rijtuig klaar, met een stalknecht die de paarden vasthield.

'Waarom moeten we ons haasten? Je hebt me helemaal niet verteld wat er mis is. Is een van de paarden soms ziek?' Selina wist dat Cassie zich over het algemeen meer zorgen maakte om paarden dan om mensen, maar ze had geen idee wat zij in dat geval volgens hem zou kunnen doen om te helpen.

'Nee, het is veel erger dan dat. Julia is weggelopen.'

'Hoe bedoel je weggelopen? Waar is ze dan naartoe?'

'Geen idee. Het zal wel weer een van haar plannetjes zijn. Maar als we haar niet snel terugvinden, verpest ze haar kansen met Ossory. Hij heeft het niet zo op die plannetjes van haar.' Terwijl Cassie aan het praten was, gebaarde hij Selina dat ze in het rijtuig moest stappen. Ze wilde helemaal niet weg, vooral niet op een of andere nutteloze zoektocht naar Julia, maar er werd geen acht geslagen op haar protesten, en voordat ze er erg in had stuurde Cassie zijn paarden de oprijlaan af en de weg op.

'Als je niet weet waar Julia is, waar gaan we dan heen?'

'Naar een herberg in Tunbridge Wells. Daar had ze het gisteravond over. Ik denk dat ze daar waarschijnlijk naartoe is gegaan.'

'Maar waarom? Ik heb haar gisteravond gesproken en toen heeft ze daar helemaal niets over gezegd. Waarom zou ze daar alleen naartoe gaan en het risico lopen haar reputatie te bezoedelen, terwijl ze op het punt staat zich te verloven met Mr Ossory?'

'Waarom stelt u zoveel vragen?' zei Cassie pruilend. 'Ik

zei toch dat ik het niet weet. Ik begrijp sowieso nooit wat er in Julia omgaat. Ik weet alleen dat ze altijd domme plannen bedenkt om het mij lastig te maken.'

Selina moest erkennen dat dit waar was, maar ze vond het toch vreemd dat Julia hier tijdens hun gesprek niets over had gezegd. Cassie was blijkbaar niet in de stemming om te praten, dus stopte ze met hem te ondervragen. Ze merkte alleen wel dat hij de weg naar Tunbridge Wells niet had genomen. Hij ging in de richting van Londen.

'Cassie, je gaat de verkeerde kant op,' zei ze tegen hem.

'Huh? Nee, hoor. Kijkt u nu maar naar de mooie bloemetjes.'

'Ik weet echt zeker dat je de verkeerde kant op rijdt. Deze weg leidt naar Londen. Je had net de afslag naar Tunbridge Wells moeten nemen. Ik heb het bord gezien.'

'Ik weet precies waar ik naartoe ga. Potdorie, kijk toch eens wat een prachtige rozenstruik,' zei hij, wijzend naar een rododendron.

Selina was ongelooflijk gefrustreerd. Ze snapte niet waarom ze zich door deze barbaar had laten overhalen om überhaupt ergens met hem naartoe te gaan. Ze stak haar hand uit en pakte zijn handen die de teugels vasthielden en trok zo hard ze kon.

'Selina!' schreeuwde Cassie tegen haar terwijl de paarden in verwarring inhielden. 'Wil je ons vermoorden? Hou daarmee op.' Selina wist dat dit haar enige kans was om nog te ontsnappen. De grond leek verschrikkelijk ver weg, maar Londen ook, en ze was niet van plan uren met Cassie op reis te gaan. Dus voordat de paarden de kans kregen om hun vorige snelheid te hervatten, stond ze op in het rijtuig en bereidde zich voor om te springen.

'Wat doe je?' schreeuwde Cassie, terwijl hij de paarden met één hand tot stilstand bracht en met de andere de achterkant van Selina's jurk vastgreep. Het luchtte haar enorm op dat ze niet had hoeven springen terwijl het rijtuig in beweging was. Nu ze rechtop stond, leek de grond nog verder weg.

'Ik ben niet van plan met je mee naar Londen te gaan, Cassie. Dus leg me nu alsjeblieft uit wat hier allemaal aan de hand is.'

Cassie zuchtte en streek met een hand door zijn toch al grondig verwarde haar. 'Vrouwen!' zei hij walgend. 'Jullie doen ook nooit eens wat jullie wordt gezegd.'

'Voor zover ik me herinner, heb je me niets gezegd,' zei Selina, terwijl ze weer op haar stoel ging zitten.

'Het is voor je eigen bestwil, snap je dat dan niet? Ik heb een briefje achtergelaten. De anderen denken dat we zijn weggelopen om te trouwen. Ik heb geschreven dat ik bereid was een eerzame vrouw van je te maken, aangezien Malcolm daar niet toe bereid was.'

'Wát heb je gedaan?' vroeg Selina vol ongeloof. 'Waarom?'

'Julia vertelde me dat de verloving maar een farce was. Dus mij leek dat Malcolm een handje geholpen moest worden om over de hobbel heen te komen. Nu hij weet dat Ossory geïnteresseerd is in Julia, moest iemand anders hem jaloers maken. Ik vond het geen probleem die taak op me te nemen.'

'Wisten Julia en Henry hiervan af, of was het helemaal je eigen idee?'

'Het was helemaal mijn eigen idee,' zei Cassie nogal zelfvoldaan.

'Nou, ik stel je bezorgdheid op prijs, maar ik denk niet dat Malcolm met een oprecht aanzoek zal komen doordat jij me midden op de dag ontvoert. Hij zal waarschijnlijk gewoon denken dat dit alweer een poging is om hem te misleiden, waardoor hij me weer zal wantrouwen.'

'Ach, verdorie, daar heb ik helemaal niet aan gedacht.'

'Ja, nou ja, het is nog niet verloren. Waarom draaien we ons niet gewoon om en gaan we terug,' zei Selina.

Cassie keek een beetje teleurgesteld bij die suggestie. Hij vond zijn rol in deze schaking, ook al was die niet echt, reusachtig leuk. Hij had geen zin om gedwee terug te keren naar Hadley Hall en de middag door te brengen met kopjes thee in de salon. Hij was een man van actie.

Selina, die zijn teleurstelling wel aanvoelde, zei: 'Misschien kun je me op de terugweg leren mennen.'

Cassie veerde een beetje op bij haar opmerking. Hij zag al helemaal voor zich dat hij de oprijlaan naar Hadley Hall op reed, zijn armen beschermend om Selina heen terwijl zij de teugels vasthield. Dat zou Malcolm zeker opmerken. 'Goed dan. Je zult het toch een keer moeten leren, anders wordt het nog eens iemands dood. Les één is dat je nooit aan de teugels moet trekken als iemand anders aan het mennen is,' zei hij tegen Selina, terwijl hij zijn hersens pijnigde voor wat hij kon doen om er zeker van te zijn dat Malcolm hen samen zou zien.

17

Cassie kon zijn geluk niet op. Het toeval wilde dat Malcolm het huis verliet precies op het moment dat Cassie en Selina de oprijlaan in sloegen. Selina was zo ver gevorderd in de lessen dat ze de teugels helemaal alleen kon vasthouden zonder hulp van Cassie, maar toen hij Malcolm in de verte zag staan, sloeg Cassie onmiddellijk zijn armen weer stevig om Selina heen en legde hij zijn handen over die van haar.

Selina schrok van deze plotselinge actie van Cassie. Ze draaide haar lichaam en probeerde afstand te scheppen tussen haar en Cassie. 'Wat doe je?' vroeg ze, terwijl ze hem aankeek.

'Maakt niet uit,' zei Cassie, die in Malcolms richting tuurde en probeerde zijn reactie te zien. 'Rij maar gewoon door.'

'Ik kan niet rijden als je zo boven op me zit. Je trekt de paarden de verkeerde richting op. Cassie!' schreeuwde ze terwijl ze naar voren keek en zag dat ze regelrecht op het meer afstevende.

Cassie draaide zich om bij Selina's gil en trok hard aan de teugels. Op het laatste moment wist hij de paarden nog te draaien zodat het rijtuig niet in het water terechtkwam, maar het wiel zakte in de vochtige grond aan de oever van het meer en kantelde, zodat Selina en Cassie alsnog in het troebele water werden gegooid.

Het water was ondiep en ze hadden niet al te veel vaart

gehad, dus Selina had zich niet verwond, maar ze was geschokt toen ze plotseling kapseisden en in het meer terechtkwamen. Ze was in de modder beland, en door haar lange rok kwam ze vast te zitten. Ze probeerde op te staan en struikelde, viel achterover en kwam op haar achterste terecht. Cassie was een meter verderop terechtgekomen, en ze besefte dat het zijn been was waar ze over was gestruikeld. Hij bleef zitten waar hij zat; blijkbaar was hij nog steeds niet bekomen van de schok dat hij zich ineens in het meer bevond. Voordat ze een tweede poging kon doen om op te staan, verscheen Malcolm ten tonele.

Hij keek even zwijgend en met een ernstig gezicht van de een naar de ander. 'Is dit soms een soort bizar paringsritueel van u, Selina?' vroeg Malcolm.

'Dat is absoluut niet grappig,' antwoordde Selina, terwijl ze haar uiterste best deed om overeind te komen.

'Het was ook niet als grap bedoeld. Ik ben totaal niet in de stemming voor grappen, sinds ik ontdekt heb dat de vrouw met wie ik verloofd ben er met een andere man vandoor is.'

Selina staakte haar gemodder en keek Malcolm vol ongeloof aan. 'U denkt toch niet echt dat ik er met Cassie vandoor zou gaan?'

Cassie nam aanstoot aan haar toon. 'Nou zeg, je hoeft me niet te beledigen. Er zijn genoeg jongedames die de kans met beide handen zouden aangrijpen,' bromde hij, maar hij werd door zowel Selina als Malcolm genegeerd.

'Ik moet toegeven dat ik het eerst vergezocht vond, maar wat moest ik dan denken, toen ik u praktisch in zijn armen aan zag komen rijden?'

'Precies,' zei Cassie behulpzaam, met een brede grijns wegens het welslagen van zijn plannetje, maar opnieuw werd hij genegeerd.

'Dat die krankzinnige vriend van jou mij had ontvoerd en van plan was me in het meer te gooien,' zei Selina.

'Dat laatste was eigenlijk geen onderdeel van mijn plan,' zei Cassie.

'Ach, hou toch allebei je mond, en help me liever dit meer uit.'

Malcolm had op slag berouw. Hij had natuurlijk niet echt geloofd dat Selina met Cassie was weggelopen – dat was uiteraard een belachelijk idee – maar toch kon hij zijn jaloezie niet onderdrukken toen hij zíjn vrouw in de armen van een andere man zag. Hij wist dat hij zich primitief gedroeg, maar hij kon er niets aan doen. Als Selina niet snel met hem wilde trouwen, zou hij nog grommend iedere man die ook maar haar kant op keek met een knuppel het hoofd inslaan.

Hij liep zo dicht mogelijk naar het water toe en stak een hand uit naar Selina. Hij was zo druk bezig zichzelf te vermanen vanwege zijn gebrek aan ridderlijkheid, dat hij haar boosaardige glimlach en de ondeugende glans die haar ogen deed oplichten voor ze hem omvertrok niet had gezien.

Malcolm was geschokt toen hij op zijn handen en knieën in het koude water zat, met Selina's lachende gezicht op slechts enkele centimeters van het zijne. 'Kleine vos!' zei hij terwijl hij haar met zijn modderige handen wilde pakken.

Selina's lach sloeg om in een gilletje, maar Malcolm spatte alleen wat water in haar gezicht en deed alsof hij haar kopje-onder wilde trekken. Toen hij zag dat Cassie hem ook zat uit te lachen, bespatte Malcolm hem ook maar eens flink. En het duurde niet lang of de drie waren in een groot watergevecht verwikkeld, Selina giechelend en gillend, zich totaal niet bewust van het feit dat ze publiek hadden getrokken.

Pas toen Lady Kilbourne heel kalm zei: 'Ik zie dat we weer een boel handdoeken nodig hebben', stopten ze met hun spel en keken om zich heen.

Lady Kilbourne stond aan de oever van het meer, samen met Mr en Mrs Dalton en Julia en Henry. Afwisselend geamuseerd en geschokt keken ze naar het drietal in het water. Lady Kilbourne verbrak de stilte opnieuw en vroeg: 'Jeremy, ik weet dat jij en Selina verloofd zijn, maar wat moet er ooit nog van Lord Cassidy terechtkomen?'

Selina kleedde zich snel om, en liep de trap af om zich bij de anderen te voegen. Bij de laatste trede werd ze opgewacht door Malcolm, die haar vertelde dat aangezien Cassies briefje rechtstreeks bij hem was afgeleverd, niemand anders op de hoogte was van diens mislukte schaking, en dat ze iedereen gewoon maar moesten vertellen dat Cassie Selina leerde mennen toen het ongeluk gebeurde dat hen in het meer had gelanceerd.

'Heeft Cassie u verteld waarom hij met mij wilde weglopen?' vroeg Selina een beetje angstig. Ze wilde niet dat Malcolm wist dat het alweer een truc was geweest om hem in de val te lokken.

'Hij was uiteraard overweldigd door jouw schoonheid. Welke andere reden zou er kunnen zijn?' antwoordde Malcolm luchtig. Selina dacht dat hij de ware reden moest hebben geweten, maar het leek hem niet te deren. Blijkbaar begon hij haar eindelijk te vertrouwen.

Voordat Malcolm nog iets kon zeggen, werden ze gestoord en dus sloten ze zich bij de anderen aan voor de lunch.

Het hele gezelschap kwam na de lunch bijeen in de salon, toen Malcolm besloot dat het tijd was in actie te komen. Hij wendde zich tot Selina en vroeg of ze met hem mee wilde gaan wandelen door de tuinen. Hij was verrast te zien dat zijn moeder heftig nee schudde, terwijl Selina ja knikte.

Terwijl hij zich verontschuldigde bij Selina om even met zijn moeder te gaan praten, hoorde hij Mrs Thistlewaite zeggen: 'Selina, liefje, misschien kun je tijdens je wandeling beter uit de buurt blijven van waterpartijen, gezien die andere ongelukkige incidenten. Jij weet het natuurlijk zelf het beste, maar pas op dat je niet te dichtbij komt.'

Hij hoorde het antwoord van Selina niet, want hij zat inmiddels naast zijn moeder en zij begon te praten, maar hij hoorde wel een haastig onderdrukt gegniffel van Julia.

'Jeremy, lieveling, wat ben je van plan?' vroeg Lady Kilbourne aan haar zoon.

'Ik ga Selina ten huwelijk vragen. En deze keer echt.'

Lady Kilbourne keek zorgelijk. 'Jeremy, ik geloof niet dat je dit voldoende doordacht hebt. Je kunt niet zomaar met Selina het terras op lopen en haar hiermee overvallen, vooral niet na wat er tot nu toe allemaal is gebeurd. Je hebt een groots gebaar nodig, een romantische daad waaruit blijkt hoeveel je van haar houdt.' Lady Kilbourne zweeg even, en legde haar vinger tegen haar kin. 'Misschien kun je een lied componeren,' opperde ze ten slotte.

'Moeder, ik ga geen lied componeren, en ik ga geen tijd meer verspillen aan uitgebreide strategieën als het meisje van wie ik hou overmorgen mijn huis verlaat, en ik misschien mijn laatste kans mis. Ik waardeer al uw hulp tot nu toe, maar vanaf nu kan ik het wel alleen aan.'

'Ik moet toegeven dat ik tot dusverre niet zo onder de indruk ben geweest van je verleidingstactieken, maar als je zeker weet dat dit de beste manier is om het aan te pakken, neem ik aan dat je gelijk hebt als je op je instincten vertrouwt.' Lady Kilbourne klonk niet erg overtuigd.

'Ik waardeer de aanmoediging,' zei Malcolm, terwijl hij bij haar vandaan liep.

Tijdens het gefluisterde gesprek van Malcolm en zijn moeder aan de ene kant van de salon, was Mrs Dalton aan de andere kant bij Selina gaat zitten.

'Selina, ik moet je iets vertellen voordat je met Mr Malcolm gaat wandelen,' zei ze.

'Vertel, mama?'

Mrs Dalton keek een beetje ongemakkelijk. 'Nou ja, liefje, ik weet dat jij en Mr Malcolm beweren dat jullie verloofd zijn, maar Lady Kilbourne vertelde me, strikt vertrouwelijk natuurlijk, dat het eigenlijk een voorwendsel is en dat je zijn aanzoek hebt afgewezen. Wees niet boos op haar,' zei Mrs Dalton toen Selina haar mond opendeed om iets te zeggen, 'ze vond dat ik het moest weten, en ik denk dat ze gelijk had om het me te vertellen. Ik vroeg me eigenlijk af waarom je het me niet zelf hebt verteld.' Mrs Dalton hief haar hand toen Selina weer wilde reageren. 'Het geeft niet; je vader en ik hebben het erover gehad en we denken dat je onze gevoelens probeerde te sparen...'

'"Je vader!"' herhaalde Selina, die er nu eindelijk een woord tussen kreeg. 'Papa weet het ook al?'

'Ik kon dit soort informatie moeilijk voor hem achterhouden. Misschien dat jij geen moeite hebt met dat soort dingen, maar... hoe dan ook,' ging Mrs Dalton verder, toen Selina duidelijk ongeduldig werd, 'ik wilde je adviseren om ja tegen Mr Malcolm te zeggen mocht hij opnieuw een aanzoek doen. Ik weet dat je hem bewondert, dus ik begrijp niet helemaal waarom je zijn eerste aanzoek niet meteen hebt geaccepteerd. Ik weet wel dat sommige dames het misschien mondain vinden om het eerste aanzoek van een heer af te wijzen, maar ik moet toegeven dat ik dat soort gedrag van jou niet had verwacht. En als je zijn tweede aanzoek afwijst, volgt er misschien geen derde.'

'Ik ben ook van plan om deze keer ja te zeggen, mama,

dus maakt u zich daarover geen zorgen,' zei Selina tegen haar.

'Geweldig!' zei Mrs Dalton. 'Dan heb ik niets meer te zeggen, behalve dat ik hoop dat jullie genieten van de wandeling, en wat je ook doet, zorg ervoor dat Mr Malcolm je niet in het water duwt.'

Helaas keerde Malcolm net op tijd terug naar Selina om die laatste opmerking van Mrs Dalton te horen, maar hij deed manmoedig alsof dat niet zo was. Met zijn meest uitgestreken gezicht wendde hij zich tot Selina en bood haar zijn arm. 'Zullen we gaan?'

Ze hadden zich omgedraaid om de kamer te verlaten toen Cassie iedereen verraste door te zeggen: 'Potdorie, het is inderdaad schitterend weer voor een wandeling. Ik denk dat ik met jullie meega.'

Malcolm draaide zich om en schonk zijn vriend een woedende blik. 'Je was niet uitgenodigd.'

Cassie was verheugd over het succes van zijn strategie. Het was duidelijk dat Malcolm kapotging van jaloezie. Maar volgens Cassie had hij nog wat extra aanmoediging nodig. 'Nou zeg, ik kan gewoon meelopen als ik dat wil. Dit is geen bal. Ik heb toch zeker geen formele uitnodiging nodig? Wat sta je nou te knipogen, Malcolm? Heb je iets in je oog?'

Julia schoot Malcolm te hulp voordat die kon reageren, tot diens verbazing. 'Cassie, hou alsjeblieft je mond. Het is duidelijk dat Mr Malcolm en Selina geen gezelschap wensen op hun wandeling.' Voordat Malcolm haar kon bedanken voor haar vriendelijke inmenging, stond ze van haar stoel naast Henry op om naar Malcolm toe te lopen en hem in te fluisteren, al kon Selina het gewoon verstaan: 'Als u Selina meeneemt om haar een aanzoek te doen, vind ik dat ik het als haar vriendin verschuldigd ben om haar te waarschuwen voor uw minder wenselijke kwaliteiten, zoals u zo vriendelijk was om Henry gisteravond ook voor mij te waarschuwen.'

De grens van Malcolms geduld was nu echt bereikt. Met een beheerste stem waar de frustratie niettemin in doorklonk, kondigde hij tegen iedereen in de kamer aan: 'Wilt u mij alstublieft een momentje privacy gunnen, zodat ik mijn verloofde een aanzoek kan doen?'

In de korte stilte die volgde op Malcolms pijnlijke smeekbede zei een nieuwe stem: 'Ik zou denken dat als de dame je verloofde is, je die taak allang hebt volbracht.'

Op de drempel van de salon stond een elegante, grijsharige heer.

'Lord Kilbourne,' zei Lady Kilbourne, 'maar dit is een aangename verrassing.'

Lord Kilbourne liep naar zijn vrouw toe en bracht haar hand naar zijn lippen. 'Mijn liefste, ik hoopte al dat je dat zou vinden.'

'Hebt u Robert en mijn o zo charmante schoondochter ook meegenomen?' vroeg Lady Kilbourne hem.

'Nee, dat heb ik niet gedaan,' zei haar man.

'U bent werkelijk een zeer attente echtgenoot,' zei Lady Kilbourne.

Het was duidelijk dat Malcolm en Selina niet uit wandelen konden gaan nu Malcolms vader net was aangekomen, dus Malcolm klemde zijn kaken op elkaar en stelde iedereen aan elkaar voor.

'Ik ben van nature niet bijgelovig,' fluisterde Malcolm tegen Selina toen dat erop zat, 'maar ik begin me af te vragen of er soms een boosaardig lot tegen ons samenzweert.'

'Ik denk dat het probleem niet degenen zijn die tégen ons samenzweren, maar eerder degenen die vóór ons samenzweren,' fluisterde Selina terug, en Malcolm schoot in de lach.

Selina was niet al te teleurgesteld door de gebeurtenissen van die middag. Natuurlijk had ze liever wat privacy met Malcolm gehad, maar aangezien Malcolm heel publiekelijk had aangekondigd dat hij haar een aanzoek zou doen, twijfelde ze er niet aan dat hun valse verloving nu toch heel echt was geworden. En aangezien Malcolm ook haar hand stevig vast had gehouden en niet van zins leek van haar zijde te wijken, was ze in feite net zo tevreden als iemand die nog geen formele verklaring had gehoord over wat de bedoelingen van haar geliefde maar konden zijn.

18

Pas na het diner slaagden Selina en Malcolm erin om samen van wat privacy te genieten. Daartoe begeleidde Malcolm Selina door de openslaande deuren die naar het terras voerden, zonder enig bezwaar van wie dan ook. 'Je zult gemerkt hebben dat ik niet heb voorgesteld om naar het meer, een vijver, de kas of een andere locatie met een waterpartij te lopen,' zei Malcolm tegen Selina.

Selina giechelde en kon verder niet reageren, omdat ze plotseling overmand werd door verlegenheid. Ze merkte dat ze Malcolm niet eens aan durfde te kijken, en bleef zwijgend staan, met gebogen hoofd, terwijl ze met haar vingers zenuwachtig aan een lint van haar jurk frunnikte.

'Selina,' zei Malcolm, terwijl hij zijn vinger onder haar kin legde en haar hoofd ophief zodat ze naar hem keek. 'Ik zou je graag een verklaring willen geven voor de betreurenswaardige manier waarop ik je behandeld heb toen ik achter Julia's complot kwam.' Hij lachte wat nerveus. 'Of, nou ja, dat is eigenlijk helemaal niet wat ik wil, vooral niet als je zo dichtbij staat, maar je verdient het wel om het te horen.'

'Ik denk dat ik het wel begrijp,' zei Selina, terwijl ze haar hand ophief om zijn gezicht aan te raken. 'Het moet niet gemakkelijk zijn om iemand te vertrouwen als je al zo lang het slachtoffer bent van zoveel bedrog.'

'Dat is een deel van de reden, maar het is niet de hele reden. Om je de waarheid te zeggen, luchtte het me op een excuus te hebben om je in diskrediet te brengen, hoe vreemd dat ook klinkt. Er is een zeker gevoel van... onzekerheid als je iemand liefhebt. Ik had mezelf zo lang voor een dergelijke kwetsbaarheid behoed dat ik doodsbang was om iemand dichtbij te laten komen. Toen ik een excuus vond om jou buiten de deur te houden, heb ik dat met beide handen aangegrepen. Ik vond het gemakkelijker om te denken dat je net zo was als alle anderen dan je toe te staan mijn leven te ontwrichten. Het was mijn moeder die me uiteindelijk uitlegde dat liefde nu eenmaal altijd alles ontwricht.'

'Zo klinkt het net alsof het een aandoening aan de darmen is, of een ongeluk met een rijtuig,' zei Selina.

Malcolm schudde zijn hoofd. 'En dan beticht mijn moeder mij ervan dat ik niet romantisch ben. Ik wil graag dat je je later herinnert dat ik niet degene was die over darmstoornissen begon tijdens mijn huwelijksaanzoek.'

'O, maar je hoeft helemaal geen aanzoek te doen. Toen ik je mij voor de tiende keer hoorde voorstellen als je aanstaande bruid, twijfelde ik er niet langer aan dat het waar was.'

'Dus mijn plannetje heeft gewerkt?'

'Je plannetje?' Selina maakte zich los van Malcolm, en zette haar handen op haar heupen. 'Geen wonder dat je mij in staat achtte tot allerlei soorten verraad, als je zelf ook steeds allemaal plannetjes smeedt. Valse verlovingen, leugens en uitvluchten, trucs met je zakdoek.'

'Ik moet toegeven dat de laatste mijn favoriet was. Jammer dat ik nu niet toevallig een natte zakdoek bij de hand heb,' zei Malcolm met een ondeugend lachje voordat hij haar in een omhelzing trok die bewees dat zulk bedrog echt niet nodig was.

‘Selina,’ zei hij een paar minuten later, ‘je leidt me af van mijn doel. Ik zou nu eindelijk dat aanzoek moeten doen.’

‘Ik zei toch dat dat geen nut had. De bruiloft is al gepland. Ik kan net zo goed doorgaan met... je afleiden,’ opperde Selina, terwijl ze zijn hoofd naar dat van haar trok.

Malcolm haalde haar handen uit zijn nek en hield ze stevig van zich af. ‘Hoe verleidelijk die suggestie ook is, ik sta erop dat ik mijn aanzoek mag doen. Ik wil niet dat het me elke keer verweten wordt als we later ruzie hebben dat ik je niet eens een fatsoenlijk aanzoek gegund heb.’

‘Mijn lieve Jeremy, ik hoop toch niet dat je durft te beweren dat dit een fatsoenlijk aanzoek is,’ zei Selina, nadat ze erin was geslaagd haar handen te bevrijden en zich weer in zijn armen had weten de wurmen.

‘Ga weg, vrouw,’ zei Malcolm een paar kussen later. ‘Dit is niet het gedrag dat ik van de dochter van een dominee zou verwachten.’ Hij liep moeizaam bij Selina vandaan en stak zijn hand uit toen ze weer naast hem wilde komen staan. ‘Nee, je moet minstens een meter bij me vandaan blijven. Ik sta niet in voor je veiligheid als je dichterbij komt.’

Selina bleef op een meter afstand van hem staan. ‘Ik luister, Jeremy. Ik heb me net gerealiseerd dat dit misschien mijn laatste kans is op een huwelijksaanzoek, al dan niet fatsoenlijk.’

Malcolm voelde dat hij het niet kon verdragen zo ver bij haar weg te zijn en kwam dichterbij en greep Selina’s handen. ‘Selina, je bent alles waar ik ooit naar heb gezocht in een vrouw, alles wat ik ooit zou kunnen wensen in een vrouw. Jíj bent het “grootste geluk dat deze wereld biedt”, om de dichter Johnson maar eens verkeerd te citeren. Ik zou de gelukkigste man zijn als je ermee instemt met me te trouwen.’

‘O, Jeremy, dat was prachtig. Ik ben zo blij dat je er toch

op stond,' zei Selina, terwijl ze zijn hand naar haar gezicht bracht.

'Selina, het is nog niet voorbij. Jij moet nog ja zeggen.'

'O, vergeef me. Natuurlijk zal ik met je trouwen. Ik wil al niets liever sinds ik je voor het eerst zag in de bibliotheek op het bal van Mrs Harrington. Ik veronderstel dat ik jou ook een verklaring voor mijn gedrag verschuldigd ben.'

'Dat is niet nodig...' begon Malcolm voordat Selina hem onderbrak en haar hand op zijn mond legde.

'Nee, ik wil dit voor eens en voor altijd de wereld uit hebben. Toen ik net in de stad was aangekomen en Julia me voorstelde mee te werken aan haar plan om jou te vernederen, was ik helemaal niet dol op het idee, maar omdat ik oprecht dacht dat het toch zou mislukken, stemde ik ermee in. Julia liet me niet echt een andere keus, en ik was er zeker van dat zo'n kieskeurige heer, zoals zij jou beschreef, toch geen interesse in mij zou hebben. Dus ik speelde mee, maar nadat ik je in het echt had leren kennen, wilde ik niet meer meedoen. Julia was erg ontevreden over me en probeerde me ervan te overtuigen dat het jouw verdiende loon was. Dus toen heb ik het over een andere boeg gegooid: ik probeerde tekort te schieten op een van de eisen van je lijst. Ik beweerde geen muzikaal talent te hebben.'

'Aha. Daarom gedroeg je je zo vreemd, die avond van het diner bij de Thistlewaites,' zei Malcolm.

'Het werkte natuurlijk niet, maar je moet geloven dat ik niets te maken wilde hebben met Julia's plan. Toen ze er opnieuw op aandrong dat ik eraan meewerkte toen we eenmaal op Hadley Hall aangekomen waren, weigerde ik beslist. Julia was op zijn zachtst gezegd van streek door mijn weigering en zette haar plan toch zelf voort.'

'Zoiets vermoedde ik al, Selina, en ik bied mijn excuses aan voor het feit dat ik je ooit wantrouwde.'

Malcolm begon haar weer in zijn armen te trekken, maar stopte toen en stak zijn hand in zijn jasje. 'Wacht, ik zou het bijna vergeten. Ik wilde je dit graag laten zien,' zei hij, terwijl hij een stuk papier tevoorschijn haalde.

'Wat is het?' vroeg Selina. 'O nee, je gaat me toch niet vertellen dat dit je beruchte lijst is?'

'Nee, dat is het niet. Het is een nieuwe lijst, die ik twee dagen geleden heb opgesteld, toen ik me realiseerde waar ik echt naar verlangde in een vrouw.'

Selina begon te lezen, maar na de eerste drie punten schoot ze al vol. Ze las:

Is volmaakt onvolmaakt.
Maakt me aan het lachen.
Vergeeft het me dat ik een ondoordachte dwaas ben.

Ze keerden terug naar de salon toen Selina zich herpakt had. Malcolm schraapte zijn keel, vroeg om de aandacht van alle aanwezigen en kondigde aan dat Selina hem de eer had bewezen zijn huwelijksaanzoek te aanvaarden. Men mompelde wat felicitaties, maar toen stortte iedereen zich weer op zijn vorige bezigheden.

'Hebben jullie me wel gehoord?' vroeg Malcolm, terwijl hij Selina enigszins verward aankeek.

'Ja, lieve jongen, we weten het. Je bent verloofd. Dat heb je ons twee dagen geleden ook al verteld,' zei zijn moeder. 'Ga nu maar gauw zitten.'

'Nee, we zijn deze keer echt verloofd.'

'Je was twee dagen geleden ook al echt verloofd, ouwe jongen, maar je had het zelf nog niet door,' zei Henry tegen hem. 'Maar ik zou van deze gelegenheid gebruik willen maken om iedereen te laten weten dat Mrs Thistlewaite mij de hand van haar dochter heeft geschonken, en dat ook wij gaan trouwen,' zei Henry, terwijl hij Julia's hand naar zijn mond bracht.

Er klonken enthousiaste felicitaties nadat Henry zijn aankondiging had gedaan, waardoor Malcolm en Selina beseften dat zij al als passé werden beschouwd. Toch feliciteerden ze hun vrienden van harte, en Selina omhelsde Julia.

'Ik ben zo blij voor je,' zei ze.

'Dank je, Selina. Ik zat te denken, aangezien Henry en ik hoogstwaarschijnlijk getuige zullen zijn bij jullie huwelijk, en jij en Malcolm bij dat van ons, dat we net zo goed gewoon tegelijk kunnen gaan trouwen. Wat vind jij?' vroeg Julia.

Selina zag haar verloofde, die achter Julia stond, krachtig zijn hoofd schudden. 'Ik weet niet zeker of een dubbele bruiloft wel zo'n goed idee is,' zei Selina.

'O, Selina, doe toch niet zo moeilijk,' zei Julia.

19

Julia kreeg uiteraard haar zin, en de bruiloft werd gepland voor een paar maanden later, aan het begin van de herfst, waarbij Mr Dalton de huwelijken zou inzegenen. Julia had eerst een societyhuwelijk in Londen gewild, maar Henry wist haar om te praten, wat Selina en Malcolm niet gelukt was.

Gertie werd ook uitgenodigd, en Selina was van plan haar kennis te laten maken met een ordinair familielid van Malcolm dat ze onlangs had ontmoet. Selina was heel blij toen ze erachter kwam dat ze niet de enige was die beschamende familieleden had, en ze plaagde Malcolm er genadeloos mee, en vertelde hem zelfs dat ze niet zeker wist of het huwelijk nog wel kon doorgaan gezien deze schokkende ontdekking.

Lady Kilbourne was aanwezig toen Selina Malcolm plaagde met zijn neef, en ze deed een duit in het zakje: 'Ik weet niet waarom Jeremy deed alsof hij superieur was in dat opzicht. Een van zijn ooms werd met een verzorger naar een afgelegen landgoed in Cornwall gestuurd omdat hij altijd dronken was. Elke poging om hem van de drank af te helpen, mislukte steevast, en als hij op een diner verscheen, vergat hij weleens dat... hij niet helemaal gekleed was voor de gelegenheid, als je begrijpt wat ik bedoel. Uiteindelijk hebben we hem maar opgegeven. Hij heeft zich gezellig doodgedronken. Al stond Lord Kilbourne er voor zijn dood wel op dat we hem twee keer per jaar bezochten. Dat was altijd nogal onaangenaam, dat kan ik je verzekeren. Hij was niet gewend aan vrouwelijk gezelschap en was altijd overdreven aanhankelijk in zijn omgang met mij. En hij stond erop me Kitty te noemen, hoe vaak ik hem ook uitlegde dat dat niet mijn naam was.'

'Dat verzint u,' zei Malcolm tegen zijn moeder.

Lady Kilbourne keek verbaasd. 'Absoluut niet. Je was vier toen hij stierf, dus je herinnert je hem natuurlijk niet. En hij is niet het soort familielid over wie je opschept.' Lady Kilbourne wendde zich tot Selina, die haar best deed om niet te giechelen. 'Kindje, het is nog niet te laat om je te bedenken. Je hebt immers ook je toekomstige schoonzus nog niet ontmoet.'

'Ik dank u voor uw bezorgdheid, mevrouw, maar ik ben niet zo kieskeurig als Jeremy.'

'En dat is maar goed ook,' zei Lady Kilbourne. 'Want als je dat wel was geweest, had je misschien nooit met hem willen trouwen.'

Malcolm keek zijn moeder verwijtend aan. 'Bent u nu klaar met deze karaktermoord in het bijzijn van mijn verloofde? Of is er soms nog een van mijn kinderlijke wandaden die u onder haar aandacht zou willen brengen?'

'Ik weet zeker dat Selina je duizend keer per dag vertelt hoe geweldig je bent. Het kan geen kwaad dat je ook eens iets anders te horen krijgt,' zei Lady Kilbourne tegen haar zoon.

'Nou, ze heeft het me vandaag nog maar negenhonderd keer verteld, dus als u ons wat privacy zou willen geven, dan kan ze haar karwei afmaken,' zei Malcolm tegen zijn moeder, terwijl hij naar de deur gebaarde.

Lady Kilbourne stond op van waar ze had gezeten en zei dat als haar gezelschap zo onwelkom was, ze wel op zoek zou gaan naar Lord Kilbourne. 'Want die heeft me vandaag nog niet één keer verteld hoe geweldig ik ben,' zei ze toen ze de kamer verliet.

Malcolm wachtte amper tot ze weg was voordat hij Selina in zijn armen nam en met haar door de kamer walste.

'Jeremy,' protesteerde Selina hijgend. 'Wat doe je?'

Malcolm gaf haar geen antwoord, maar kuste haar in plaats daarvan, totdat ze nog meer buiten adem raakte. 'Mijn moeder had gelijk. Als je ook maar een greintje verstand had, zou je beseffen dat je een veel betere man zou kunnen krijgen. Ik voldoe niet eens aan de eisen op mijn eigen lijst.'

'Je bedoelt dat je ordinaire familie hebt én dat je geen talent voor muziek hebt?' vroeg Selina met grote ogen. 'Dan moeten we de bruiloft onmiddellijk afzeggen.'

'Ik zou niet zeggen dat ik geen enkel muzikaal talent heb,' zei Malcolm.

'Nou, dat zul jij misschien zelf niet zeggen, maar ik hoorde je gisteren zingen in de kerk,' zei Selina.

'Kattenkop,' zei Malcolm, en hij omhelsde haar nog steviger. 'Misschien had ik maar beter niet over de lijst kunnen beginnen.'

'Nee, het is goed dat ik weet waar ik aan begin, voordat we onherroepelijk aan elkaar verbonden zijn. Ik begin de waarde in te zien van die lijsten van jou,' zei Selina, terwijl ze zich losmaakte van Malcolm en bedachtzaam keek.

'Het was allemaal een vreselijk slecht idee,' zei Malcolm, en hij probeerde Selina weer in zijn armen te trekken.

'Toch zou ik wel heel graag willen weten wat je van de Graanwetten vindt,' zei Selina met een plechtige uitdrukking op haar gezicht, maar met een lach in haar ogen. 'Ik begin te vermoeden dat je niet serieus genoeg bent, wat duidt op een weinig solide karakter.'

'Cassie heeft zijn mond voorbijgepraat,' zei Malcolm. 'Heeft hij de hele wereld alle domme dingen die ik ooit heb gezegd of gedaan verteld?'

'Misschien kan ik de lijst lenen die Julia je heeft gegeven toen ze zich voordeed als mij,' zei Selina, Malcolms opmerking negerend. 'Daar heb je niet toevallig nog een kopie van, hè?'

'Mijn lieve kind,' zei Malcolm fel, 'ik ben klaar met alle lijsten, op één na. De lijst met dingen die we allemaal nog moeten doen, en op dit moment is er één ding dat bovenaan prijkt. Helaas zal dat moeten wachten tot onze huwelijksnacht.'

Selina schonk Malcolm een glimlach. 'Dat klinkt als je meest interessante lijstje tot nu toe.'

Jeremy Malcolms eisen aan een echtgenote

1. *Beminnelijk & gelijkmatig van aard*
2. *Knap van gelaat & figuur*
3. *Openhartig, eerlijk & op geen enkele manier slinks*
4. *Weet verstandig te converseren*
5. *Ontwikkelt zichzelf door veel te lezen*
6. *Heeft een vergevingsgezind karakter*
7. *Is empathisch & altruïstisch*
8. *Is elegant & welgemanierd*
9. *Bezit muzikaal of artistiek talent*
10. *Komt uit een nette familie*